姑娘深藏不露

下

風 文創 1116

莫顏 著

風 文創 1116

目錄

第十六章

大家都知道，安芷萱有個功夫叫做乾坤大挪移。

她可以將所有人移到不同的地方，他們從來沒見過有人有如此的武功，不，這根本不叫武功，而是叫神通了。

為此，安芷萱多了個綽號。

「安仙子，咱們現在進城？」

為了躲避朝廷的通緝，以往他們必須做好完整的計劃，現在可省事了，不用通過崗哨、路檢，也不必過城門，遇到官兵巡查，直接乾坤大挪移就行。

所有人都看向安芷萱，易飛也看向她，而她則看向眼前高大的城門。

「我先去探一探。」

臨走前，手腕被易飛握住。

「小心點。」他輕聲道。

安芷萱回頭看他，對他燦爛一笑，語氣溫柔。「放心，我曉得的。」

易飛放開手，她便朝城門走去。

眾人從未見過她是怎麼消失的，一雙眼仔細盯著她，不過安芷萱才不會讓他們看到呢。

她故意走進城門前的人群裡，然後繞到一輛驢車後頭，藉著遮掩，她的人才消失。

眾人在城門等著，目光還盯著進城門的人群，過了一會兒，安仙子的聲音從背後傳來。

「我回來了。」

「……」明明看著她朝城門走去，她到底是怎麼繞到他們後頭的？

按照老方法，眾人進馬車，不過眨眼間，馬車已在城中。

住客棧太顯眼，容易留下足跡，因此他們租了二進院子的民宅，男人住前院，女人住後院。

大夥兒拿著行李，搬進了屋。

安芷萱和李嫻玉住同一個院子，內有兩間廂房。

李嫻玉將東西放好就來找她。

她上下打量安芷萱，安芷萱只覺得納悶。「怎麼了？」

自己哪兒不對了？

「就是瞧瞧妳開苞了沒？發現還是個處子。」

「……」一定要說得這麼直白嗎！

越是與李大夫相處，安芷萱就越是明白。

若是剛認識李大夫的人，會以為她溫和善良、清雅有禮，事實上，她說話犀利又看事透澈，是個老江湖了！

安芷萱紅了臉。「人家還是黃花大姑娘呢！」

「知曉。」李嫻玉笑道。

安芷萱頓了頓，忍不住好奇問：「那種事……也看得出來？」

「看得出來。」李嫻玉笑咪咪地說：「接吻也看得出來。」

安芷萱瞬間瞪大眼。

李嫻玉也睜大眼。「咦？你們真親了啊？」

安芷萱一噎，這才知曉自己上當了。「李大夫……」

李嫻玉搖搖頭。「唉，就知道妳這丫頭已經陷進去了，小心啊。」先前她早就告誡過丫頭，易飛這男人不能碰，但丫頭似乎沒聽進去。

安芷萱哼道：「我知道。」

李嫻玉微笑，便不再多說。

隨著一行人行走的路線，李嫻玉猜得出端木離正在緊鑼密鼓地進行大計劃。他們離京城，快馬只需三日路程，男人們白日及晚上都在密議，易飛他們出去的次數也更加頻繁。

端木離這個男人，平日看似溫和爾雅，但李嫻玉與他親密共枕，有些事只有枕邊人才能察覺的細微變化，她還是瞧出來了。

那男人的目光跟以前不一樣了，在他身上可以感覺到蓄勢待發，好似一頭被關了許久的獅子，準備破籠而出。

李嫻玉一邊與安芷萱說笑，一邊看著屋外天上的白雲。

她感覺得出……京城要變天了。

隔日，李嫻玉留下一封書信，離開了。

信中沒有說明原因，只寫了一句話。

後會有期，勿念。

端木離看了留書，點點頭。「知道了。」

他的反應淡定，態度與平日無二，該吃就吃，該睡就睡，繼續與柴先生等人商量大計，彷彿於他而言，李嫻玉的離開不過是一件微不足道的小事，並不在意。

易飛三人從端木離房間退出後，喬桑左右瞧了瞧，壓低聲音對易飛和程崑道：「我就說嘛，主公對那個女人怎麼可能上心？」

易飛不予置評。

程崑道：「主公將來要爭大位的，娶的也是世家女，當然不可能跟她。」

他們並不是看輕李大夫，而是主公的身分地位和大業一定要和世家聯姻，李大夫大概也是瞧清了這一點，所以才識相地離開。

不過在他們看來，李大夫能跟主公結一段露水姻緣，也是她的造化。

易飛始終無話，不知在想什麼。

喬桑瞧了他一眼，待程崑離開後，只剩他們兩人，他立即搭上易飛的肩膀，把音量壓得更低。

「你的事，安丫頭可知道？」

易飛面無表情。「不需要。」

喬桑嘖了一聲。「別說，論女人嘛，我老喬還是比你懂的。安丫頭單純得很，你若是不能娶她，最好早點告訴她，免得耽誤人家，不過呢，她若是願意跟著你，你也給人家一個承諾，免得到時候她跟李大夫一樣氣跑了。」

易飛依然面無表情。「我與她，江湖兒女罷了。」

喬桑挑眉。「行，夠瀟灑，若是出了什麼事，別怪我沒事先提醒你啊。」

喬桑先一步走人，他還得去辦主公交代的任務呢。

易飛沈吟一會兒，轉了個方向，朝後院走去。

安芷萱正為李嫻玉的不告而別而感到難過呢，好歹她們這一路走來，同甘共苦，無話不談。

她一直以為，自己和李大夫的交情已經不一般，卻沒想到李大夫離去竟沒事先告知她。

易飛推門進來時，瞧見的就是佳人水漉漉的美眸，一臉幽怨地看他。

安芷萱正想向人傾訴，一見他來，立即投入他的懷抱。

「她居然就這樣走了，沒告知，也沒留話給我。」

易飛低頭，雙臂將她環住。

李大夫是去是留，他根本不在意。

「她或許有她的原因。」

「但她起碼可以留個話，說走就走，好無情。」

是嗎？

「是很無情。」他道。

她語帶哽咽。「她拋棄我了。」

李大夫明明跟她說好，以後有機會要教她醫術呢，騙子！

易飛只是默默地抱著她，聽她訴苦。

她突然抬起頭，問他。「你會拋棄我嗎？」

「不會。」他想也沒想地回答。

似是沒料到他回答得這麼斬釘截鐵，她只是一時傷心而隨意問問，可是聽到他的答覆，她還是很欣喜，目光都亮了。

看著她水汪汪的美眸，易飛黑眸轉深，一手扶住她的後腦，薄唇便罩下。

自從兩人確立了關係後，每一晚，他都會來看她。

她知道他很忙，尤其離京城越近，他就越忙，白天常常見不到人，但是晚上睡前，他總會來看她一眼。

他的話不多，總是她在說，而他微笑地聽著，雖然他沈默寡言，但是富有行動力，對她的喜愛與慾望，充分表現在行動上。

她喜歡他略顯霸道的親吻，喜歡他抱人時展現出的力量，還有他看她的眼神，溫柔而深邃。

他說不會拋棄她，她很高興。

「只要你不負我，我也會對你不離不棄。」

原本撫摸她長髮的手驀地頓住，他目光閃了閃。

「其實……我今日有事告訴妳。」

她好奇抬頭。「什麼事？」

「我帶妳去個地方。」

她聽了驚喜，以為他今日得了空，要帶她去看風景呢，因為這一路走來，他就是這樣陪她看山看水、看花看雲。

她立即欣喜地應允。

然而到了目的地，她不禁訝異。

他帶她來看的是墓。

墓碑上並沒有刻字，她正疑惑時，他告訴她答案。

「這是我爹娘的墓。」

她詫異，心頭忽然明白了什麼。

他是帶她來看他的家人。

她立即收斂起玩樂的心情，轉成了恭敬肅穆。

「芷萱見過伯父、伯母。」她屈膝福身，然後轉頭幽怨地看他。「你怎麼不早說，你若是早說，我一定準備些花束來祭拜伯父、伯母。」

易飛失笑。「不必，爹娘不會計較這個，妳就是最好的大禮了。」

她愣住。「我？」

「我帶媳婦來見他們，他們高興都來不及呢。」

安芷萱驚呆，接著臉紅了。

「你……你說什麼呀？」

「妳不想嫁我？」

想！

她咬著唇，終於明白他此行真正的目的了，她既驚又喜，都不知該回答什麼才好，只是徑自臉紅。

易飛拿出一只青玉鐲。「這是我娘的遺物，要給未來媳婦的，本來……我應該先請媒婆向妳提親，再用八抬大轎迎娶妳才對，可是我爹娘早亡，而我如今前途未卜，無功無業，照理說，應該沒資格讓妳跟著我，免得被妳嫌棄……」

「不會，我才不是那種勢利的人呢！」

安芷萱實在聽不得他如此貶低自己，也受不了他這麼可憐兮兮，再也顧不得害羞。他都開口求娶了，她也不是矯情之人，真接表明心跡，將青玉鐲拿過來，套在自己的手腕上。

「我呀，若是喜歡一個人，才不會在意他的身分地位呢，也不在乎他有沒有錢，只要對我好就行了。」

她有房有銀子，養他都行！

見她絞著手指，用腳尖在地上畫圈圈，一副小女兒家的羞澀樣，易飛笑了。

他摟住她，而她順勢靠在他的胸膛上。

「真不嫌棄我？」

「你若對我不好，我才嫌棄呢。」

「跟了我，就別走，知道嗎？」他的唇蹭著她的耳，低聲道：「妳若跑了，我找不到。」

她低低地笑了，她來去自如的功夫，大夥兒都見識過了，她若跑掉，他確實找不到。

「放心，我跟定你了！」

彼此坦白心意後，再也不必猜疑，也不必再遮遮掩掩。

她的心思沒那麼多彎彎繞繞，喜歡和討厭都寫在臉上，即便她見了世面，也依然保有本性的純真。

既然決定跟著他，她就做好了一起共患難的準備。

他們以天地為媒，在墓碑前舉行了拜天地的儀式。

自此，他是她的夫，她是他的妻，沒有三媒六聘，沒有十里紅妝的迎娶，沒有鳳冠霞帔與紅燭，就只有最簡樸的儀式。

她不在乎那些外在的形式，對她來說就只是走個過場罷了，她要的是他的心，只要他對她好，便足矣。

當夜，他們住進一間帶有院子的客棧，當作臨時的新房。

洗浴完後，安芷萱緊張地坐在床上。

她看過書，大約明白即將發生的洞房是怎麼一回事。

易飛洗浴完，走進屋，便瞧見坐在床上的她，整個人縮在角落，小小的臉蛋紅撲撲的，緊張全寫在臉上。

他緩緩走向她。

此時的她，長髮披肩，脖子以下躲在被窩裡，把自己包得緊緊的，好似這麼做就可以保護自己。

其實在他看來，這樣的她更像一件等著被君採擷的禮物，誘惑著男人一層一層地剝開，將她拆吃入腹。

他彈指將油燈熄滅，室內瞬間陷入一片昏暗，只剩他一雙眼，在黑暗中熠熠發亮。

他將外衣卸下，露出一片精實的胸膛，以及不著寸縷的下身。

他上了床，伸手連人帶被地摟過來，聽到她一聲低呼。

他笑了，胸膛因為無聲的笑而淺淺震動。

「娘子準備好了嗎？為夫要開吃了喔。」

原來他也可以有如此磁性迷人的嗓音，撩撥她的耳根，令她皮膚上泛起一層舒服的疙瘩。

「我聽說很痛的，你吃相要溫柔點，不要讓我太疼，好嗎？」

易飛頓住，接著胸膛傳來更大的震動，他笑得很歡。

「我儘量吃相文雅點。」說要文雅，薄唇卻在她頸間開始親咬吸吮，帶來麻麻癢癢的感覺。

他的親吮像有神通，會讓她暈暈然，待她回神時，發現身上的被子不知何時已經被丟到一邊，包圍她的是他的胸膛。

那隻燙人的大掌將她的肚兜解開，巡視胸前的領地。

「長大不少。」他說，滿意於她的胸脯飽滿，似蜜桃一般又軟又圓。

她的回答是用力在他肩上一咬，刺激了他，把原本緩慢的戰事加速推前，讓她嗚嗚地求饒。

作為一個男人，他會極力在功夫技巧上滿足他的女人，而為了滿足自己，他也會不遺餘力地巡視所有領地，一遍又一遍，從上到下，從前到後。

這一夜，安芷萱明白了書上的形容，那些隱晦又曖昧的字句突然鮮明而立體起來。原來這種事只有親自品嘗，才知個中滋味，一切盡在不言之中。

她從不經人事的姑娘家，成為了一個真正的女人。

隔日，兩人回來時已是正午。

安芷萱的心境就像所有即將見公婆的新婦一般，不知該用什麼態度來面對其他人。可以想見，大夥兒肯定很驚訝他們倆已經成親，喬桑那廝肯定不會放過打趣她。

她低頭看著自己被牽住的手。

易飛的手掌又大又厚，將她的小手包得緊實。想到今後一生的依靠是這樣的男人，她便心中歡喜。

算了，被笑就被笑吧，有相公在，她才不會讓其他人笑話呢。思及此，她笑咪咪地用額頭去蹭了蹭易飛的手臂，惹來他低頭瞧她。

她目光晶亮，蛻變成女人的她，面容上多了一抹女子的嫵媚，美眸瀲灩地瞅著他。

他微笑，大掌收了收，將她的小手握得更緊，好似在告訴她，一切有他。

兩人正值新婚燕爾，如膠似漆，回到二進的院子時，她預想到的一切卻沒有發生，因為沒有人在。

「走了？」她詫異。

「主公留書，他們已經先行離去，要我隨後就跟上。」

怎麼如此趕？安芷萱雖覺得奇怪，不過有易飛在，她並未深思，她知道他們有大事要做。

「既然如此，咱們快去找他們吧。」

「不，妳留下。」

她呆愣，驚訝地看著他。

大掌撫上她的臉。「其實，這次的行動很危險，所以我們討論過，讓妳待在這裡等我。」

「不行——」她正要反對，卻被他用食指輕壓唇上。

「噓……聽我說，萱兒。」他神情認真，語氣無比溫柔，卻又帶著懇求。「雖然妳有神通，可妳沒有武功。這次是正面交戰，刀劍不長眼，若妳在，我會分心，無法全力以赴，只有把妳放在安全的地方，我才能安心。」

「可是……」

「只要妳沒事，我就沒事。這次的計劃已經布局多年，若無把握，我們不會回京，雖然有風險，但已在我們的掌控中，這便是我們要妳留下的原因。」

他將她摟住，親吻她的耳垂，溫柔懇求。「男人的事就交給男人，妳就留在這裡等我，為了妳腹中的孩兒，我一定會活著回來的……」

她氣得捶打他。「哪來的孩子，哪有那麼快！」既生氣他瞞著她，卻又能理解他的顧慮，怕自己堅持跟著，會壞了他的大事。

可是才剛結為夫妻，兩人就要分開，叫她怎麼捨得？

這一急，把她給急哭了。

易飛好言相勸，又摟又抱，最後把她抱進屋中，哄著哄著，又哄到床上去了。

他似乎永遠有用不完的體力，可以一遍又一遍地榨乾她，直到把她弄得虛脫無力，再也沒力氣跟他吵，在他懷裡哭著睡去。

她醒來後，男人已經離去，桌上放著一張紙條，上頭寫著一行字。

吾妻萱兒，等為夫回來。

安芷萱拿著紙條又哭了一遍，不過人已經走了，吵也沒用，她便聽他的話，在此住了下來。

幸好，她懂得給自己找事做。

她喜歡看書，每日都去街上的書肆找新話本，或是去茶樓聽說書。

她不知道他去了哪裡，只知道他在京城。

她所住的城鎮離京城有三天的路程，雖然他說了要她留在這裡等他，可思念一個人便想見他，她想去找他，想看看他過得好不好？

他是她的夫呀，若是他受傷了，可有人救他？

好幾次，她都想去京城找他，但一想到他的叮囑，她就忍了下來。

直到有一日，一封書信送至，是他的筆跡。

她欣喜如狂，信上寫得不多，但字字相思，他說他很想她，一切安好，叫她不用擔心，大事纏身，冬至便回。

要等到冬至啊……

她將書信看了一遍又一遍，最後，她決定偷偷去找他。

她有仙屋，可以來去自如，她心想，只要看他一眼就好，知道他安好，吃飽睡好，便足矣。

於是，她雇了一輛馬車前往京城，到了京城後，她便付了銀子。

「易家娘子不進城？」車伕覺得奇怪，這位婦人到了城門就下車，給他銀子讓他回去。

「我等人呢。」她說。

車伕也不多問，過城門要給銀子，能省下銀子他也開心。

待車伕駕著馬車離開後，安芷萱望著城門，過了一會兒，她人已經身在京城內，從另一輛進入城門的馬車上跳下來。

她第一次進京，看什麼都很新鮮，筆直寬敞的石板大道、精緻高雅的商鋪，連行人的穿著都顯得不一般。

安芷萱一時也不知道去哪兒，便隨處看看。

算算日子，她與易飛分開已經三個月了，這三個月只靠書信聯絡，書信上頭未寫上地址，因此她也不知道易飛落居何處。

照例，她找了間茶樓坐下，茶樓和酒樓是打聽消息最快的地方。為了謹慎，她將藥汁塗抹在臉上，遮掩自己的美貌，在別人眼中，她就只是一個普通的年輕婦人罷了。

她白日就待在京城各大茶樓，晚上就回仙屋休憩，偶爾到商鋪逛逛，買些新鮮貨，出了商鋪，手一揮，東西就全送到仙屋去了。

這一日，她去逛布莊，想買些布料，請繡娘教她做女紅。

這間是城裡最大的布莊，聽說賣的都是京城最時興的布料。

說到女紅，她十分慚愧，當初在二伯家，她被嬌養著，因二伯二伯母甚少讓她做女紅，說容易讓一雙手變粗，造成她學藝不精。

如今她成了人婦，便想學些女紅手藝，為丈夫做鞋做襪子。

她在布莊裡挑布，外頭起了一陣騷動，聽說來了貴客，布莊大掌櫃親自出去迎接。

安芷萱左右看看，都沒有人招呼她。

布莊分成了兩邊，一邊人少，專賣高檔的布料，來的客人非富即貴；另一邊則是賣一般布料，專給平民百姓。

她現在站的地方，周遭都是平民百姓，聽說有貴人要來，大夥兒都去看熱鬧，她一時好奇，也跟在人群裡去瞧。

一輛馬車停在對街，馬車前後都有侍衛騎著高頭大馬跟隨，而其中一名為首的男子，生得英挺高大，頭戴玉冠，腰繫寶劍，腳著長靴。

男子一身威儀不凡，讓不少姑娘家低低驚呼。

安芷萱遠遠地看著，只覺得那男人有些眼熟，待男人下了馬，轉過身來，她整個人驚住。

三個多月未見，他變了很多，變得更俊朗威武，也更貴氣了。

她眨了眨眼，咧開了笑。

原以為要好一陣子才能找到，沒想到入城不久，她就遇到他了。

她是偷偷進城來的，因此也不敢喊他，便混在人群裡偷瞧他。既然找到了人，她便打算偷偷跟著他，先知道他住哪兒，如此她便能隨時去看他了。

她心中做好了打算，正偷樂著，就見到他走向馬車，車門打開，他向車內的人伸出手，一隻女人的手遞出來，放在他的掌心上。

一名貌美的貴女在他的牽引下，緩步下了車，兩人相視而笑。

安芷萱怔住，嘴角的笑容收起，一雙眼直直地盯著他們相握的手。

「他是誰啊？」有人問。

「嘿，你不知道？那可是新皇身邊的紅人，因救皇上有功，被新提拔上來的兵部尚書大人！」

「嘖，我當然知道，我問的是那位美人！」

「聽說兵部尚書大人將迎娶趙家姑娘，那美人應該就是趙家的姑娘了。」

百姓們你一言我一句地談著京城新貴的事蹟，安芷萱聽到這裡，只覺得腦子一片空白，接下來其他人說了什麼，她都聽不進去了，甚至連周遭的一切都消失了。

她的眼裡只看得到他，他唇角帶笑，特意放慢腳步，伴著身旁的貴女，一路呵護著她往布莊裡走。

第十七章

易飛一行人從來不知道安芷萱的神通有多麼厲害，他們以為她只是能夠乾坤大挪移罷了，殊不知那也只是一部分的神通，是她唯一願意透露的部分。

仙屋是另一片天地，這個天地為她所用，仙屋不只能讓她去任何地方，還是她的儲存倉庫，更是她的家。

她也明白懷璧其罪的道理，所以她一直很小心，就算讓易飛他們知道了，也只當她擁有獨門功夫罷了，一如東瀛忍者能夠隱身，江湖功夫千奇百怪，都有各家門派不外傳的武功秘訣。

她很慶幸自己愛好平凡，沒什麼野心，從一開始就不想利用仙屋來向世人炫耀，她只想安穩地過日子，所以易飛不知道，她連皇宮都可以來去自如，更遑論是兵部尚書大人守衛森嚴的府邸。

「易大人是皇上身邊的大功臣，新皇能上位，全靠易大人護主有功。」

「老皇帝長年臥病在床，皇后把持朝政，外戚干政，新皇忍辱負重多年，終於扳倒皇后，搶回皇位。」

「那一場政變簡直驚心動魄，短短三日，血流成河，皇后服毒自盡。」

「新皇鐵血手腕，朝廷換上一批新臣，柴子通成為新相，易飛接掌兵部，喬桑接掌戶部，程崑掌管京城禁軍，全部大換血。」

「新皇雖然上位，但是皇后舊黨勢力仍在，新皇不能全殺了，只得想辦法籠絡各方勢力。」

「新皇為了穩固政局，一連娶了王家、謝家和林家嫡女為妃，並同時論功行賞有功之臣，並為其賜婚，此法成功穩定朝局，安撫人心。」

「易大人也因新皇賜婚，將與趙家聯姻。趙家嫡女乃趙國公最寵愛的姑娘，人美又聰明。」

要知道京城事，找他包打聽王大富就對了。

王大富沒想到今日遇上個大方的客戶，給他的賞銀還真多，讓他知無不言，言無不盡。

眼前的客人戴著幃帽，遮住了臉，不過光聽這嗓音，就知道肯定是大美人。

「所以……」美人問：「那位尚書大人下個月就要迎娶趙家姑娘了？」

「是啊，這事無須打聽，京城人都知曉！原來那位易大人的爹當年受到牽連被抄家，如今新皇上位，為易家平反，新皇還作主賜婚，趙家為了鞏固地位，當然願意把姑娘嫁給易大人了。」

「原來如此……」

美人沈吟，忽然問：「那位趙家姑娘一定很美吧？」

「可不是！趙家大姑娘是京城裡數一數二的大美人，琴棋書畫樣樣精通呢！」

美人沈默，將一錠銀子遞上前。「謝了。」

王大富得了賞銀，心中大喜，抬頭見美人離去，他忽然想到什麼，站起身忙追出去，才出了門，美人卻已不見蹤影。

王大富嘀咕著。「怪了，怎麼一下子就不見了？我本想再送個消息給她的，那位易大人向皇上求一個恩典，堅持要娶兩位平妻，除了趙家姑娘，還有一位聽說是與他同甘共苦過的女子呢！」

安芷萱一出茶樓，立刻躲回仙屋。

她的心很痛，彷彿被人掐住，狠狠撕碎。

她沒想到自己將一顆心交付他，身子也給了他，得到的卻是欺騙。

她原以為他有苦衷，據王大富的說詞，她才知道，他確實有苦衷，為了家仇，為了權位，他需要與趙家聯姻，娶世家女。

其實，他若真有難言之隱可以說出來，她不會勉強他，也會成全他，因為她才不是那種會一直糾纏男人不休的女人呢！

但他不說。

若不是她來京城，到現在還被蒙在鼓裡。

直到此刻，她才明白李大夫對她說的話——

那男人，不是她可以碰的。

當初梁松背叛她時，她雖難過，卻也只是哭一場罷了，可是易飛的背叛，讓她嘗到撕心裂肺的滋味。

她在仙屋哭了很久，食不下咽，整個人都消瘦了，什麼都不想做，人也失去了鬥志。

她也不知日子過了多久，想到兩人這一路走來的甜蜜和回憶，她只是掉淚，彷彿有哭不完的淚水。

她的心很累，哭著哭著，在仙屋的床上睡著了。

她不知自己睡了多久，可當她醒來時，眼前的景象卻把她嚇傻了。

原本美麗乾淨的仙屋，此時處處結了蜘蛛網，桌椅和櫃子上全都積了灰，牆壁全是裂痕，安芷萱嚇得趕緊出屋，見到屋外的景致時，她更震撼了，屋子周遭原本長滿青草和花朵竟然枯萎了，原本茂密的樹木只剩下幾片葉子，全部成了枯枝。

安芷萱真的慌了，她不明白仙屋是怎麼回事，原本生意盎然的天地，竟然一覺醒來便風雲變色，連天空都烏雲密布，不見一絲陽光。

她趕緊去看她的藥草園，她精心培育的藥草已經奄奄一息，土地乾裂。

「不……別死……」安芷萱趕忙拿起木桶去湖邊提水給藥草澆水，她不明白怎麼回事，她只知道，仙屋是她的家，如果仙屋毀了，她連家都沒了。

她沒工夫去傷心，她只想救仙屋，而她能做的，就是趕緊拿著掃把、抹布將仙屋裡裡外外打掃一遍。

她花了一整日去整理，因為有事做，所以也顧不得萎靡了，把全副心思都花在照顧仙屋和藥草園。

許是她的打理有了效果，更或許是她虔誠的懺悔起了作用，漸漸的，她發現樹上又長了新葉，周遭又開了新的花苞，藥草也漸漸有了精神，土地不再乾裂，屋內牆壁的裂痕變小了。

安芷萱親眼見證這一切，不禁疑惑。

以往仙屋纖塵不染，根本不需要她動手打掃，藥草和花草也不需要澆水，樹上會自動結出新的果子，仙境自會滋潤萬物。

突然，她領悟了什麼。

難道說仙屋的好壞，與她的心境有關？

為了證明自己的想法，她振作起精神，這幾日都待在仙屋，照常打掃，平日除了看書就是四處走走，泡泡溫泉，看山看水，什麼都不想，保持心情平靜。

慢慢的，天空下了一場細雨，大地又有了生機。被雨水浸潤過的土地，以肉眼可見的速度長出了新綠。

安芷萱豁然開朗，舉起手，盯著手指上的戒痕。

這仙屋早就與她融為一體，她因為傷心而萎靡不振，仙屋就像她一樣，在慢慢凋零。

仙屋就是她的心，需要被呵護、被好好照顧，而能照顧一顆心的，只有她自己。

「原來如此……」

她哭了，這是開心的眼淚，仙屋在告訴她，她若不振作，傷的也是她自己，只要她能振作，哪裡不能過日子？

她似乎了悟些什麼，原本烏雲密布的天空，陽光破雲而出，天邊出現彩虹，如此湖光山色，一如仙境。

安芷萱站在湖邊，吹著微風，陽光在她身上，照出瑩瑩仙光。

她告訴自己，從今以後，她要堅強，好好呵護自己的心，這世上沒有過不去的坎，就看自己如何看待罷了。

有了這個覺悟後，她決定重新出發，既然他為了權勢地位，決定娶別的女人，那麼她就成全他吧，由她來主動斬斷這段情絲。

想通了一切，安芷萱走出了仙屋。

易府。

端木王朝最年輕的兵部尚書剛從兵部回來，通常回來後，便會直接到書房。

近日為了整頓兵部人事，易飛花了不少心思。

皇上讓他掌管兵部，便是要他清除皇后在兵部的舊勢力，換上自己的人，將軍權、兵力牢牢掌握在新皇手中。

他坐在案桌前，揉著眉心。

「上茶。」他命令。

「是。」

自從端木離登基，為了穩固政局，他馬不停蹄地忙著，幾乎沒有好好休息。

小廝上了茶便退了出去，心想成了兵部尚書的易大人，面容更是肅殺英武，一點也不像是下個月就要成親的男人。

易飛鬆開眉心，睜開眼，目光卻定住了。

有人動了他的桌子！

黑眸殺氣閃現，他仔細觀察，發現書冊下壓著一個東西——一只青色的玉鐲，那是他母親的遺物，而他送給了她。

他立即站起來，左右張望。

她來過！

他打開門，下人立即上前。

「大人？」

他正要開口，卻突然想到什麼。

顯然這些人根本未曾察覺有人進過他的書房，她若要來，也無人攔得住。

「無事。」

他關上門，回到案桌前，拿起那只玉鐲，赫然發現下頭還壓了一封信。

他將信拆開，看了裡頭的內容後，瞳孔驟縮，立即出屋。

「來人，備馬！」

天色已暗，城門已關，但是尚書大人依然策馬疾馳，拿出令牌命城守開門，出了城，不眠不休地疾馳一日半，便到了城鎮，再命令城守開門，才趕至那棟院子。

院中有燈火，但是只剩下幾名看守的僕人，他們是受命留守此處的。

「夫人呢?!」

易飛對任何人都是冷冰冰的，只有面對安芷萱時才有笑容，因此僕人見到他，總是帶著敬畏。

不久前他帶著人馬，在京城殺出一片天，身上戾氣更重，那威嚴只增不減。

「夫人每隔三日就會出門採藥，三日後回來，並無異樣。就在昨日，夫人還在屋裡練字呢，今日一大早出門前還叮囑咱們，記得給她院前的桃樹澆水呢。」僕人將安芷萱的行程一一稟報。

這些事，其實易飛已知，因為僕人會定期將她的消息傳到京城。

她喜歡進山採藥，他也知道，正因為她會按時回來，因此僕人和他都未察覺到異樣。

易飛揮退僕人，獨自待在屋中。

他離開的這段日子，她把屋子打理得很好，窗邊的蘭花還盛開著，桌上擺著文房四寶，牆上添了新的字畫。

案上和地上都打掃得一塵不染，這裡處處有她的痕跡。

几案上，擺放著縫了一半的襪子，那是要做給他的。

他拿著襪子細看，薄唇勾起。

他就這麼在屋中等了三日，到了第四日，該是她回來的時候了，卻沒見到人，他繼續等，又等了六日後，他終於確定，她是真的走了。

他知道她的本事，如果她要走，無人可以攔住她，因此當發現她的青玉鐲時，他並未大動干戈地去找她，而是專程趕回來，希望能見她一面。

她怕是知曉了自己要娶別人吧？

易飛抿緊唇，神色一黯，大步出了屋，又策馬奔回京城。

尚書大人放下公務，私自出城，已經傳到皇上那兒了。

易府的下人們正焦急不安時，就見尚書大人回來了。

易飛知道宮裡派人來了許多趟，點了點頭。

「知道了。」

這幾日，他不聲不響地離開，回來後，下巴早蓄出了短鬚，他先梳洗一番，剃了短鬚，打理好後，便換了朝服去見皇上。

據當時服侍的公公說，易大人跪在御書房前半天不起身，皇上讓他跪了半個時辰後，終於嘆了口氣。

也不知皇上允了他什麼事，最後易大人謝萬歲成全，起身離去。

隔日，趙國公府炸鍋了。

外人不知，國公府卻為了與尚書大人的婚事，徹夜密議，吵鬧不休。

原本說好的新娘子悄悄換人了，雖然還是趙家的姑娘，卻不是嫡傳大姑娘，而是換成了庶女。

趙家庶女很多，不差趙瑤一個。

她的地位甚至比不上其他庶女，只因她的娘親是丫鬟爬床上位的，只能算婢妾，而非良妾。

就她這麼一個不受寵的庶女，卻得了這樣天大的機運，被那男人找上。

趙瑤被告知自己將嫁給兵部尚書大人易飛時，臉上並無驚喜，只是低頭福身。

「瑤兒遵命。」

她的沈穩令族老們很滿意。

「易大人能看上妳，是妳的造化，去準備待嫁吧！」

「是。」

步出廳堂時，趙瑤還能聽到身後族老們的話——

「真不明白，那易大人為何放著貌美如花的嫡女不娶，偏換成庶女？」

「或許是看對眼，也罷，總歸是咱趙家的姑娘。」

看對眼嗎？

趙瑤撇了撇唇，易大人看上的可不是她，而是她庶女的身分，以及識時務。

她回想昨晚那男人突然出現在屋中，字字冰冷，說得很明白。

「我與趙家只是聯姻，娶的是趙家的勢力，而不是妻子，因此我需要一個識時務又聽話的手下，妳若同意，我就換人，如何？」

當時，她清楚地瞧見那男人看她時，眼神冷漠，沒有一絲感情，彷彿只是在談一件交易。

趙瑤是個懂得察言觀色、舉一反三的女人，她有個直覺，這麼多庶女，他挑上她，一定是調查過她了。

當下，她也不急著答應，而是詢問。

「我需要做什麼？」

「不必。」

她想了想，恭敬福身。「屬下願聽大人差遣。」是屬下，不是妾身，她做了選擇。

她的婚姻大事，就這麼定了。

趙瑤本來只能嫁個六品小官，即便如此也感到很慶幸了，但是現在能做一品大官的夫人，為何不要？

況且，她不需要男人的愛，因為……她愛的是女人，能嫁一個不需要她枕間伺候的男人，是她的幸運。

她想，這應該就是易大人挑上她的原因，她不敢不答應，也必須答應。

一個月後，尚書大人迎娶了趙家庶女趙瑤。

洞房花燭夜，新郎不在，而是秘密出了城，將三日的婚假都用在暗中搜人和布局。

「將此懸賞令傳到各處哨站和城守，若有消息，暗中送回。」

「記住，抓人其次，知道下落就行。」

「她會易容，所以要注意膚色黑的女子。」

「她行蹤飄忽，因此只要發現能瞬間消失的女子，八成就是了。」

「不可聲張，不可讓她察覺，陸路和水路都不可放過。」

「不行傷她，不准強迫她，不許讓她少一根寒毛。」

尚書大人一連下了好幾道命令，這陣仗簡直像抓重大朝廷欽犯似的。

易飛是錦衣衛出身，如今執掌兵部，兩方人馬都任他差遣，她就算有神通，那又如何？

天下之大，莫非王土，除非她躲起來隱居，從此不再出現，否則只要她出現在哪個城、哪個鎮，他遲早會找到她！

「哈——啾！」

安芷萱打了個大大的噴嚏，她揉揉鼻子。

「小娘子，小心著涼哪！」

「放心吧大嬸，我沒事。」

安芷萱選擇坐車，但她挑了一輛最不起眼的驢車，而她看上的，就是大叔和大嬸是一對憨厚的老實人。

她付銅錢給他們，坐在驢板車的乾稻草上，仰望著天空，什麼都不想，什麼都不做，想去哪兒便去哪兒。

老夫妻瞧得出這位小娘子似乎心事重重，便也不打擾她。

遠處馬蹄聲隆隆，一騎馬隊朝這裡奔馳而來，掀起滾滾塵煙。

那是一隊騎兵，他們身著禁衛服，腰繫長劍，當馬隊逼近驢車時，為首的人大喝——

「停下！」

駕著驢車的大叔趕忙讓驢子停下，忐忑不安地看著諸位大人。

「大、大人有事？」

為首的男人騎在馬上，將這對老夫妻打量了一遍，朝另一人示意。

一名侍衛策馬上前，拿出一張畫像。

「你們有沒有見過這個女人？」

老夫妻看了看畫像上的女人，對視一眼，不約而同朝後頭望去。

車板上空無一人。

「……」人呢？

「喂，咱們大人問話，為何不回話！」

夫妻倆又相視一眼，然後恭敬地回覆。「稟大人，沒見過。」

侍衛又盤查了幾句，見這兩人身分普通，看起來又是老實人，便放過他們。

一行人策馬離去，捲起一陣塵煙。

待人走後，妻子低聲問丈夫。

「孩子他爹——」

「噓……」

丈夫對她搖搖頭，妻子便住了口。

都老夫老妻了，一個眼神，彼此都明白對方的意思。

那畫像上，明明就是適才坐在他們後頭那位娘子呀！

不知那娘子是何人，竟讓侍衛大人拿著畫像找人？

安芷萱看著那隊人馬逐漸遠去，神色冷漠。

當時她遠遠瞧見馬蹄奔騰而來時，她就直接消失，人藏在附近大石頭後，凝聽觀望。

果然沒錯，那些人是衝著她來的。

她知道易飛一直在找她，可找她做什麼？給她榮華富貴？給她妾位？和其他女人一起伺候他？

安芷萱冷笑。

她有自己的骨氣、有自己的尊嚴，她已經不稀罕他了。

天下之大，她還會遇到很多人，她要看遍大江南北、走遍千山萬水，她最不需要的，便是心心念念著一個男人。

心碎的感覺仍在，但是……她會堅強起來的。

她望著天空白雲，彎起了唇。

天下這麼大，何處不能容她？她決定離開京城，去闖闖這個江湖！

第十八章

安芷萱站在甲板上，欣賞江上的美景。

她喜歡坐船，便花了大把銀子，租了一間單人艙房，一路向東。在感情路上受挫的她，需要找事情讓自己分心。寄情於山水，可以撫慰她一顆受傷的心，讓她什麼都不想，讓船隻和流水帶著她走。

隨便哪兒都好，只要能讓她遠離京城那個傷心地就行了。

這是一艘商船，船上除了載貨，也載人。

船上人來人往，說說笑笑，安芷萱如今還是維持少婦的打扮，遇到有人攀談，她便淡道：「丈夫已逝。」

此話一出，果然對方不再多問，加上她神情淡漠，帶著疏離，對方只好摸摸鼻子走人。

她已非處子之身，而她確實也曾跟一個男人拜過天地，因此以寡婦之姿示人是最好的方式，省去口舌解釋。

沒錯，她就當自己死了丈夫，從今以後，她要努力忘記那個臭男人。

安芷萱原以為，假裝一個剛死了丈夫的寡婦便可以免受打擾，可她不知道，對某些男人而言，年輕的寡婦也是很吸引人的，即便她用藥汁把膚色塗黑，但抵不過她五官姣好，身材玲瓏，與一般婦人相較，是一個相貌不錯的少婦。

加上她總是很安靜，臉上有著愁思，便得到了某個男人的注意力。

安芷萱看完風景，便想回船艙裡休息。

她轉身要走，卻愣住了。

眼前站了一個男人，這男人生得高大粗獷，一雙眼直直看著她，見她看來，咧開了痞笑。

「喲，那妞兒瞪你呢！」

安芷萱冷冷瞥了他一眼，便轉開目光，無視於他，直接進了船艙。

曹紹東是這艘商船請來的護衛，自然會注意上船的船客，便注意到了安芷萱。

知道對方是個死了丈夫的寡婦，他笑得更歡了。

「瞪人好，表示有個性！」曹紹東笑道。他偏愛性子烈的女子，太軟弱的女子反而不怎麼有興趣。

各花入各眼，他不在乎對方是不是寡婦，他在乎的是看得順眼。

他看那女人就非常順眼，尤其是適才那冰冷的一瞪，令曹紹東產生了幹勁。

越是冰冷的女人越夠味呀！

有一種男人就喜歡馴服有挑戰性的女人，而他就是。

「爺看上她了，你們別搶呀。」

其他人都笑了。

安芷萱不知道這一齣，她其實也沒怎麼注意曹紹東的長相，她現在沒有心情去注意任何人，她只想一個人靜一靜。

出門在外，寡婦也一樣容易生是非。

用飯時間，船上備有簡單的吃食可以賣給船客。

不過仙屋裡食物充裕，安芷萱不用跟船上的人擠著買吃食，直到有人送來兩個熱呼呼的肉包子。

「安娘子，這是咱們曹大哥送給妳的。」

肉包子有限，曹紹東是護衛頭兒，伙食自是肉香汁多，一般百姓想買到肉包子，需要付多一點銀子，不然通常都是醃菜夾饅頭果腹。

在眾人目光下，被喚作「安娘子」的安芷萱對這份討好十分淡定，一點也不會羞澀或是無措。

「我不吃葷。」說著自己拿著仙屋的果子，當眾吃起來。

被拒絕的曹紹東不但不生氣，反而更歡喜了。

「這女人，我要了！」

這性子他喜歡！男人對於看上的獵物總是占有慾很強，他放話下去，除了昭告弟兄們別跟他搶，同時也聲明這婦人是他的。

安芷萱才懶得管曹紹東怎麼想，在知曉曹紹東對她有意後，她就不在他面前出現。對她來說要避開那男人是再容易不過的事了，不過是眨眼的念頭罷了。

可曹紹東把她當成囊中物，想辦法接近她，商船就這麼大，船頭不見船尾見，烈女怕纏郎，船行到港口也要半個月，這半個月死磨硬泡，相信總能把小娘子追到手。

哪知他花了三天時間，就是找不到小娘子，曹紹東也是懵了，明明適才遠遠瞧見，他立即死皮賴臉地上前，小娘子一見他來，便轉身拐個彎走了。

這艘商船上上下下每個地方，曹紹東閉著眼都能走，要堵小娘子的路，輕而易舉。但說來也邪門，他明明見她從這兒拐彎走的，依速度和對船隻內部的認識，他可以堵到她，怎麼人卻不見蹤影？

安芷萱其實一開始也懶得理他，她不久前才被自家夫君拋——不，是她休了自家夫君，遠離傷心地，不走陸路，挑上水路，就是想藉著湖光山色來撫平心傷，忘卻前塵。

誰知這時候有人找死上門給她玩，要知道剛結束一段情的女子怨氣很深，尤其是對男人的怨氣。

因此，安芷萱就開始耍人了。

安芷萱一上船，就把商船前後上下都巡了一遍，這是她的習慣，她每回到新的地方就要先把新地方認熟，這樣她使用仙屋轉移法才方便，所以曹紹東根本找不到她。

安芷萱一點也不心虛，他不來惹她，她也不會整他。

「臥槽！老子就不信遇不上她！」

一開始曹紹東只是想接近她，到後來成了一股非找到她不可的執念，他就不信他曹紹東找不到一個弱女子！

曹紹東找了弟兄們去堵她，甚至徹夜守在艙門口，他就不信她不出來。

結果便是他守了一夜後，還是見不到人，氣得簡直不敢相信。

安芷萱跟曹紹東玩起了捉迷藏。

人很奇怪，當發現曹紹東很認真地要找她時，她也開始很認真地躲他，兩人各顯神通玩起了你追我跑……不能說是遊戲，而是一種憑本事的功夫。

曹紹東的護衛夥伴們聽到曹紹東找不到她，一開始還不信，甚至取笑他。

曹紹東氣得放話。「咱們開賭，如果有人比老子先找到她，老子這十兩就是他的了！」

男人開賭，那幹勁就來了！五、六個人下去賭，其他人繼續看熱鬧，到了後來，所有人都下去賭了。

這小娘子太神奇，竟然可以躲過所有人，這船雖說不小，但是他們人多啊！她再會躲，也不可能躲到船外去吧？

事實上，她還真可以。

安芷萱取來粗繩在船舷綁了一個鞦韆，她就坐在鞦韆上，一邊看著浪花，一邊吃果子，偶爾還可以聽到上頭的說話聲——

「這小娘子該不會都在屋裡不出來吧？」

「不可能，她出來了，剛才老雷就在船尾瞧見她了！」

「堵到她了？」

「沒！老雷他們兩面包抄，到了船尾，就是沒看到人！」

「可真邪門，難怪曹哥敢跟大夥兒賭十兩！」

安芷萱一邊吃果子，一邊隨著波浪盪鞦韆。

他們說的那個老雷，她知道，叫雷赫明。而上頭這兩個，一個叫林酒，一個叫秋達。

問她為何那麼清楚？她也不是故意的，因為全船的護衛都在找她，晚上輪流巡視時，還順道巡視她的蹤跡呢。

她在跟全船的護衛玩捉迷藏時，也順便聽了許多話，慢慢就知道誰是誰了。

這樣的忙碌挺好、挺刺激的，讓她不會再去想那個男人，只不過到了夜深人靜時，少了白日的喧囂，總容易讓人胡思亂想。

安芷萱晚上睡不著，就想在甲板上透透風。

而避開人群的地方，除了綁在船外的鞦韆，就是船頂了。

她挑的地方絕不會有其他人的，她這麼想著，就像當初她為了採藥草，跑到懸崖一樣。

可是她忘了，江湖能人異士多，商船上就有一個。

她突然出現在船桿上時，柳如風怔住了。

他警惕地盯著她。

這女人……竟能無聲無息地靠近，而他竟然未曾察覺。

安芷萱最喜歡登高望遠，白天人多口雜，太容易被發現，晚上就方便許多。

這麼高的地方，一片漆黑，上頭沒有燈火，所以下面的人不會瞧見上頭有人，除了夜能視物的江湖中人，但她哪裡會想那麼多。

她坐在船桿上吹風，全身放鬆，感覺眼角餘光好像有什麼東西飄動，不經意地轉頭看去。

一人衣帶飄動，長髮隨風，浮在空中。

「鬼啊！」她嚇得掉下去。

「……」柳如風無言。

他抽出軟鞭向那女子打去，捲住她的腰，往上回抽，重量卻驀然一輕。

人不見了，鞭子只捲住一條腰帶。

他打量這腰帶，擰眉驚疑。

此女是何人？竟能空中掙脫，可見輕功不凡，竟在他眼皮子底下走人。

「莊主？」

柳如風回頭，站在他身後的是兩名暗衛。

「你們可有瞧見一名女子？」

「四周無人，但適才聽到一名女子尖叫。」

兩名暗衛武功不凡，連他們也沒察覺有人近身，還是聽到女人尖叫才出現的。

「適才……有一名女子接近。」

兩名暗衛一聽，大驚。「屬下失職，請莊主責罰！」

「不必，就連我也沒發現。此女並無殺氣，但輕功不凡，你們去查查，是否有江湖人士上船。」

「遵命。」

隔日，暗衛很快打聽到一件事。

「船上的護衛們都在找一位寡婦安娘子，據說沒人可以找到她，大夥兒還為此下賭注，看誰能堵到她。」

「哦？」柳如風沈吟。

一旁的屬下也說：「莊主，此事我也聽說了，據說是一名船上的護衛看上了那名小娘子，便想親近，但說也奇怪，那名護衛一直無法近她身，只能遠遠瞧見，因此一直堵不到人，還找了其他弟兄幫忙，就是想跟那小娘子說說話，但很奇怪，不管出動多少人，就是找不到那位小娘子，只能遠遠瞧見她的身影。」

柳如風對那小娘子沒興趣，也不認為那一夜見到的女子與那位小娘子是同一人。

「你們多方注意。」

「是。」

能夠無聲無息地近他身，又在他眼皮子底下逃走，絕對不是簡單人物。

此時外頭傳來騷動聲，屋中主僕皆是一怔，柳如風朝侍女看了一眼，侍女立即出去，吩咐外頭的人。

「去看看怎麼回事？」

過了一會兒，有人來報。「公子，是官船巡查。」

柳如風住在船艙最上層，他站在船舷上，向外望去，果然見到官船。

他擰眉，官船上除了官兵，他還瞧見大紅飛魚服。

錦衣衛！

一般來說，錦衣衛不會出現在官船巡查中，若出現了，只能說他們在找一個重要的人。

船長急忙出現，恭恭敬敬地放甲板，讓錦衣衛和官兵上船。

所有搭船的人都必須站出來，排排站。

「莊主，這……」

「拿出咱們的路引，靜觀其變。」

「是。」

柳如風站在船艙最高層，臨欄往下望。

頂層船艙是船主用來招待貴客的艙房，上樓的入口有專人守著，只有身分貴重或是船主的朋友才能入住，百姓不得隨意上來。

柳如風身分高貴，又與船主烏笙是朋友，因此才能住在頂層船艙。

烏笙已經趕去招呼上船巡查的水兵，柳如風臨高俯瞰，斯文儒雅的面容上，一雙眸子幽幽閃著精光。

站在他身旁的，還有好友沈越。

「如風，你怎麼看？」

柳如風沈吟一會兒，緩緩開口。「烏笙在這條水路上給水兵的孝敬可不少，平日巡查只要看到烏家的船，也只有幾名官兵會上來做做樣子，但是現在連錦衣衛都出動了，這種大陣仗，通常都是前來抓重犯。」

錦衣衛和官兵在查誰呢？

說到重犯，沈越想到近來發生之事。

「難不成……是跟人口失蹤有關？」

柳如風沈吟一會兒，驀地想到昨夜那個突然出現又突然消失的女人。「也或許……是在找某個人……」

然後某個人就這麼從他眼前出現，一臉的不悅，經過時，還能聽到她的碎碎唸。

「真討厭，閒著沒事幹麼來搜船，惹火了老娘就鑿了你們的官兵船——」一名少婦氣沖沖地走來，見到擋路的兩人，還不耐煩地道：「麻煩讓一讓。」

「……」她是怎麼上來的?!

沈越立即伸手擋住她的路。「慢著。」

安芷萱一臉莫名。「幹麼？」

「妳是怎麼上來的？」入口都有人守著。

「當然是用腳走上來的啊。」說完她要繞過去，又被沈越擋住。

「此為禁地，妳不能上來。」

「為什麼不能上來？」

「這裡的艙房被咱們包下了。」

安芷萱聽了恍悟。「原來如此，我就奇怪這上頭怎麼都沒人……」

後頭忽然傳來官兵吆喝之聲，安芷萱心下叫糟，轉了個方向，竟是跳窗入內。

「等等！」沈越氣極，哪來的野婦，一點規矩都不懂，竟然擅闖他們的艙房！他也跟著跳窗入內。

這時錦衣衛領著一群官兵上來，陪同他們的還有烏笙。

為首的錦衣衛見到柳如風，上下打量，只一眼，便知此人不凡。

「這位是？」

烏笙上前介紹。「大人，這位是凌雲山莊莊主柳如風。」

聽到柳如風的名字，為首的錦衣衛神色立即變得鄭重。

柳如風在江湖上的名聲可是響叮噹，他恭敬地行了個江湖禮。

「原來是柳莊主，失敬失敬。」
柳如風亦微笑拱手回禮。
這時沈越走出來，神情有些怪異。
柳如風見他一人出來，心知有蹊蹺，不過兩人默契十足，也不多說。
雙方寒暄後，為首的錦衣衛告饒一聲。「因職責所在，不得不查探一番。」
柳如風點頭。「請。」
為首的錦衣衛朝身後示意，其他人立即進屋搜查，過了一會兒便出來稟報。
「大人，都搜完了，沒人。」
柳如風心下詫異，但面上不顯，含笑問：「不知官爺在找誰？」
為首的錦衣衛敬重柳如風在江湖上的地位，想與之交好，便知無不言。
「在找一個女人，這是她的畫像。」畫像有兩張，一張膚白貌美，一張膚色暗沈。
「這兩人是同一人，她有可能易容掩飾，因此畫了兩張。」
柳如風和沈越瞧了瞧畫像上的人，柳如風面色含笑，並無異樣，沈越則面無表情。
「不知此女犯了何罪，需要出動這麼多人尋她？」
「上頭沒說，在下也只是奉命行事，若是找著了，還不能得罪哩。」

這時一名官兵來報。「大人，查出來了，這女人確實坐了這艘船，是個寡婦，叫安芷萱！」

「人呢？」

「不見了，咱們把船上每個地方都查過了，就是沒她的下落！」

為首的錦衣衛聞言，突然擊掌。「哈！那就對了！」

什麼對了？找不到人，這麼高興？

那錦衣衛見柳如風二人疑惑，笑道：「咱們要找的這女人，據說神出鬼沒，抓是根本抓不到的，但只要查到線索就有賞。」

事不宜遲，為首的錦衣衛下令不必搜了，匆忙告辭，帶著官兵退回官船上。

待官兵走後，沈越才悄聲說道：「那女人進了艙裡，一下就不見人影了。」

柳如風驚訝，昨夜他還可以認定那女子是藉著夜色的掩護而不見的，但此時大白天的，周遭都是官兵，艙裡就這麼大，根本沒有藏人之處。

況且沈越的能耐，柳如風很清楚，前後不過半息的工夫就丟了人，莫怪沈越適才表情怪異。

「神出鬼沒嗎……」柳如風沈思，細想江湖上有哪一號人物有此功夫？

因為那女人消失得太詭異，因此沈越又把艙房裡裡外外查了一遍，別說人了，連個影子都沒有。

此時安芷萱已經回到了仙屋。

她從鏡中可以瞧見外頭的情況，忍不住忿忿不平。

那個臭男人，真是陰魂不散！

自從她離開京城，他就一路派人搜她，害她不能上館子，不能去茶樓聽說書，更不能逛商鋪！

為了避開搜查，她只得棄馬車改走水路，卻沒想到連水兵都查到船上來了。煩啊！

她火大地來回踱步，原以為自己離開，成全他娶美嬌娘就行了，卻沒想到他居然不放過她。

是怕被人知道他們曾經拜過天地，所以想要堵住她的嘴？

還是他欲享齊人之福，要妻也要妾？

不管哪一個，都令安芷萱十分火大！

她冷笑，好啊，他不叫她安生，那麼她也不叫他安生！

京城，易府後院。

趙瑤正在品嚐侍女送來的糕點，覺得這日子過得很舒心。

自從嫁到易府後，她成了一品大官的夫人，家中無公婆，丈夫也不來，這日子簡直跟神仙似的。

她正與丫鬟們有說有笑，突然瞧見一名陌生女子出現在屋內，令她呆愣住。

「妳是？」這突然出現的美人，正冷冷地盯著她。

安芷萱上下打量她。「沒事，過來瞧瞧而已。」

瞧瞧？

趙瑤覺得奇怪，又見美人開口道：「麻煩把妳家相公看好，沒事別來打擾，若是惹火了我，我叫他吃不完兜著走！」說完甩袖便走。

一旁的崔嬤嬤氣得大罵。「這女人好生無禮，竟敢對咱們夫人出言不遜！來人啊——」

「慢著。」

「夫人？」

「先別聲張，妳去打聽，看看那人是誰？莫得罪了人家。」

崔嬤嬤聽了擰眉。「得罪就得罪，難道夫人還怕她不成？這裡可是易府哪！不行，一定要叫人抓住她！」竟是不聽她的勸，出去使喚小廝了。

趙瑤心中不滿，這個崔嬤嬤是趙家派來的，亦是她的陪嫁，她在尚書府的一切，崔嬤嬤都會告訴趙家。就某個程度來說，亦是趙家安插在她身邊的眼線。

趙瑤不能讓崔嬤嬤知道自己還是處子，即便對崔嬤嬤不滿，她也不能表現出來。

趙瑤冷下臉，心想這個蠢蛋，那美人能夠自由出現在此，必然有原因，況且那美貌還有那無畏的氣勢，敢在尚書府撒野，肯定有什麼底氣，所以她才要崔嬤嬤先調查。

趙瑤似是想到了什麼，勾起冷笑。

也好，老東西想送死，那讓她去送死吧！

易飛回來時，照例往書房走去。

他神色冰冷，不苟言笑，尚未進書房前，已察覺不對。

「什麼事這麼吵？」

下人匆匆來報。「大人，不好了，頤院遭了小偷！」頤院便是他的書房。

易飛聞言，立即大步往書房走去，進了院子，院中僕人已經跪了一地，個個臉色發白。

他只瞧了一眼，便越過眾人入屋，一見屋中景象，臉色如寒冰酷雪。

書房內一片混亂，連牆上的字畫也被人用毛筆塗了幾筆。

這盜匪偷盜就算了，還膽大包天？

一開始易飛以為是政敵派來的，他將院內院外的僕人、小廝和守衛全問了一遍，竟無人發現異樣，也無人知曉有人闖入。

「發生這麼大的動靜，你們居然不知道？」

「稟大人，此人來去無蹤，神出鬼沒，無人發現也無人見到，直到書房小廝進去，才赫然發現。」

易飛一愣，原本殺氣沈沈的面容突然變得怪異。

「你說，這人神出鬼沒？」

大總管戰戰兢兢地回答。「據查，此人十分高明，無聲無息，未曾驚動府中任何人。」

易飛目光大亮，立即轉身走進屋內查看，不一會兒，果然在雜亂的桌上發現了一張紙條，上頭是熟悉的字跡。

你給我小心點！再敢找人來惹老娘，下次老娘連你後院也砸了！

易飛咧開嘴角，他笑了，而且是哈哈大笑，他這一笑把院子跪了一地的人給驚住了。

大夥兒驚魂未定地看著彼此。

大人竟然笑了？不但笑了，還笑得這麼開心？這是……氣瘋了嗎？

易飛高興啊，雖未署名，但瞧這字跡、這語氣，不用問也知道是她，他的妻子萱兒。

他派了那麼多人去找她，總算有了收穫，他將紙條仔細收好，想了想，又走出去，對大夥兒命令。

「行了，都起來吧，將書房收拾一下。」

眾人驚愕，適才臉色陰沈的大人此時卻是神情愉悅，前後差異太大，令人不敢置信。

易飛想起什麼，又轉身叮囑。「對了，那幾幅被塗鴉的字畫不可丟，就掛在牆上，給本官好好保存下來。」

見眾人錯愕，易飛立即沈下臉。「若是丟失，給本官用命賠回來。」

眾人一個激靈，連忙磕頭。「是！」

這時崔嬤嬤領著家丁趕來，見到易飛，立即上前見禮。「大人！」

易飛見到她，擰眉，回頭問小廝。「她是誰？」

崔嬤嬤身為尚書夫人身邊的貼身嬤嬤，一直覺得自己在易府很體面，這回聽大人這麼一問，臉上十分掛不住，不待小廝回答，立即自動報上身分。

「大人，老奴是夫人院子裡的管事嬤嬤。」

易飛聽了，淡淡問：「何事？」

「大人，有個女人闖入夫人屋中，對夫人大不敬，還請大人主持公道！」

崔嬤嬤仗著自己是趙家的陪嫁嬤嬤，認為有理由代夫人出頭，她相信看在趙國公的面子上，這件事一定會給趙府一個交代，因此態度和語氣便強硬了些。

易飛原本漫不經心，聽到這事，整個神情都變了。

「有女人闖入夫人屋中？」

「正是！」崔嬤嬤不但把事情說了一遍，還加油添醋。「這女人好大膽，還威脅咱們夫人，叫她管好大人，真是可笑！咱們夫人和大人豈是她可以數落的？老奴已經叫人去抓她，要將這個不知哪兒來的狐媚子抓來，跪在夫人面前道歉才行！」

易飛盯著她。「妳抓到她了？」

「被她跑了，所以老奴才趕來向大人稟報！」

「真是好大的膽子……」

「是啊，這個狐媚子真是大膽，一點也不知羞——」聲音戛然而止，只見崔嬤嬤被易飛一腳踢飛，倒在地上。

眾人一陣驚愕，就聽大人冷冷開口。

「去看看死了沒，沒死就把她丟回趙府，本大人的事也敢說嘴，真是膽肥了。」說完，易飛大步離去，沒一劍殺了她，還是看在趙府的面子上。

第十九章

向來對任何人、任何事皆淡然以對的柳如風，也開始注意起安芷萱的蹤跡。

哪兒擺放貨物、哪兒可以藏人，商船護衛和船員是最清楚的人，但這女人卻有本事躲過所有人的眼，就這樣不見了。

除了船上，她還能躲去哪裡？

「怪了，居然找不著？」沈越走進來，一臉的不敢置信。「我查了船上所有可能藏身的地方，卻一無所獲。」

「所有地方都找了？」

「當然，就差沒掀地板了，我連船外也查了一圈，還找到一個鍬钁，也不知是誰掛在船尾那兒，連烏笙也不知曉，誰那麼無聊把鍬钁掛在那兒呢？」

柳如風聽了一頓，挑眉。「走，去瞧瞧。」

兩人來到船尾，柳如風順著沈越指的地方往下瞧，還真有個鍬钁掛在船外。

柳如風摸了摸下巴。「挺有意思……」

沈越擰眉。「哪裡有意思？坐在那兒盪鞦韆，風吹日曬的，就不怕掉進江裡？」

「不，我是說那寡婦娘子挺有意思。」

沈越愣住。「你是說，這鞦韆是那女人弄的？」

「那兒倒是一個很好的藏身之處。」

這麼一說，倒讓沈越悟出了什麼。

「我再去找找。」他轉身便走。

直到商船抵達碼頭，沈越依然找不到人，這是後話了。

而曹紹東在知曉安娘子是錦衣衛要抓的人之後，也歇了心思。

跟官府扯上關係的人不是他們這些老百姓能沾的，只會招來禍事。

曹紹東雖然歇了心思，卻仍是忍不住唉聲嘆氣。

老實說，他是真的看上那個女人，沒想到有緣無分，令人唏噓不已。

半個月後，船終於到達了碼頭，而大夥兒也已經把安娘子這個插曲拋到腦後了。

在船上窩了半個月，眾人恨不得趕緊回家或是找間飯館打打牙祭，洗去一身風塵。

柳如風與沈越一行人下了船，離開碼頭前，柳如風回頭朝商船看了一眼，若有所思。

他總覺得，那女人不可能憑空消失。

「莊主？」

柳如風回頭。「走吧。」領著眾人，他率先躍上馬，策馬離去。

此行他們是受邀而來，參與一項斬奸除惡的大計。

江湖人行俠仗義，而柳如風身為凌雲山莊的莊主，自有他在江湖上的職責。

一行人快馬來到一處位在半山腰的佛寺，已有僧人守在寺門，見到他們，立即上前相迎。

柳如風和沈越下了馬，馬匹自有其他僧人接手，一行人隨著僧人去見淨心大師。

佛寺後方的議事院中，此時已聚集了不少各門各派的代表，聽聞柳莊主已到，眾人上前迎接，一番寒暄後，各自入座，隨即進入正題。

「據咱們的探子回報，狼魔潛伏在東江一帶。」

「人口失蹤肯定與他有關！」

「北山雙淫和狼魔可能湊成一夥，不只女人失蹤，小孩也失蹤不少……」

「北山雙淫抓女人是為了盜賣紫河車，狼魔抓小孩則是為了入藥煉丹。」

「實在可恨，這次非將他們一網打盡不可！」

「他們實力不可小覷，又擅長易容，行蹤飄忽，實在很難掌握……」

眾人看向柳如風。「不知柳莊主可有妙計？」

柳如風想了想，說道：「北山雙淫和狼魔能囂張這麼久是因為他們從不與咱們正面對戰，又擅長躲藏，找他們如大海撈針，不如引蛇出洞。」

沈越也道：「他們既然要女人，咱們就給他們女人，引他們來找。」

崇山派弟子道：「咱們先前也不是沒用過餌，但說來奇怪，他們就是不上當。」

柳如風道：「這個餌，必須是完全沒有功夫之人。」

眾人愣怔。「此話怎說？」

柳如風看向沈越。這事是沈越查出來的，自然由他來說明比較清楚。

「經咱們多方查探，北山雙淫劫餌前似乎會找人調查這個餌，所以才會提議由不會武功之人來假扮。」

淨心大師聽了，不禁心頭沈重。「難道說，這個餌必須找平民百姓來扮？」

這風險太大了，若是沒成功，等於是讓人去送死，眾人不免猶豫起來。

「各位莫憂，這個餌由我們的人來當。」柳如風朝身後示意。

侍女菊英立刻上前，朝各位前輩福了福身。

「小女菊英，拜見諸位英雄前輩。」

柳如風引介道：「她是我山莊之人，身無功夫，願意當餌，助我們抓到犯人。」

眾人一聽，紛紛站起身，對菊英抱拳。

「姑娘仁義，咱們諸位在此先向姑娘致謝。」太好了，不是他們門派出人就行，找個沒武功的人去當誘餌實在太危險，有人出頭就好。

菊英微笑，朝眾人回禮。

「不敢當，能為江湖和百姓盡一份心力，是小女莫大的榮幸。」嗚嗚嗚——我好怕死啊——莊主，奴婢是為了您的面子才出馬的，說好的賞金，事後一定要給足啊——

安芷萱因為氣不過，搭船途中趕回京城教訓某個臭傢伙後，便又繼續她的行程。

她從仙屋移轉的功能中找出一個更快移轉的辦法，便是跟隨會移動的東西，以這東西為媒介，作為她的搭載地，然後她回到仙屋休息，過了一夜後，她再出來，果然又回到這個媒介。

這個媒介可以是一塊隨波逐流的浮木，也可以是一匹日行千里的快馬，或是一隻在天空橫跨高山的信鴿。

她只要利用這些媒介也可以日行千里，不必一直來回仙屋轉換。

例如這一次，她利用的便是往東飛的信鴿，她只稍微碰信鴿一下，然後立即回到仙屋，從鏡中查看外頭的景物。

等了五日後，這隻信鴿已經將她帶到了東江一帶。

從鏡子中可以瞧見信鴿停在樹上，她再利用仙屋來回轉移，人便在城中了。

信鴿能飛越高山，比搭船更快，這也是為何她只花了區區五日，就能出現在東江一帶的俞城。

有了上回在商船遇到官兵搜查的經驗，安芷萱戴上幃帽，在城中轉了下，還特地去城中最熱鬧的大街上看看官府通緝榜，想確定有沒有自己的懸賞畫像。

官府告示榜上貼了三張懸賞頭像，上頭寫著……

嗯？北山雙淫？狼魔？

很好，都是男人，沒有她，表示她可以暫時待在城中，好好逛一逛。

她先找了間城中最好的飯館，叫了幾樣好菜，祭祭自己的五臟廟。

吃飽喝足，付了銀子，她向店小二打聽何處有書肆。

她每到一個地方一定會去逛書肆，她的仙屋裡有一間書房，牆上的書櫃放了滿滿的書。

她甚至還在民間收集醫書、藥草書，或是其他珍貴的孤本。

在書肆看了一番，最後她只挑了話本和地方志，一出書肆就把書收進仙屋，接著又去逛攤販，沿路買小吃。

安芷萱不但喜歡買書，還喜歡買各地小吃，吃不完就放進仙屋當作存糧。

街上有一排攤販，她沿路走馬看花，就聽有人殷勤地喚她。

「那位戴帽的姑娘，買把扇子吧！」

安芷萱朝聲音瞧去，小攤子賣的是字畫和扇畫，小販是一位書生打扮的男子，相貌斯文秀氣，而他手上拿了一把團扇，上頭畫了鮮豔的桃花，確實漂亮。

又聽一把只賣兩文錢，她便掏錢買了。

「畫得真漂亮。」

書生憨厚地笑了。「多謝姑娘謬讚。」

這人氣度溫和，又笑得靦覥，安芷萱最近書看得多了，也喜歡文人的氣息，遂與他聊了幾句，這才知曉這書生賣畫是為了存上京趕考的路費。

安芷萱聽了意動，對於獨力又上進的人總是多幾分相助之心。雖然她不可能洩漏仙屋的秘密，但不妨礙自己多光顧他的生意，遂豪爽道：「你這些字畫，我全買了。」

書生愣住，見姑娘拿出一錠銀子，他才相信她不是開玩笑的，眼眶忽然一紅，忙低下頭。

「姑娘仁慈，只是我無功不受祿，怎好意思讓姑娘如此破費？」

安芷萱見他一個大男人竟因此紅了眼眶，還不好意思忙低頭遮掩，她更想幫他了。

「舉手之勞罷了，我知曉存路費的辛苦，今日正好遇著了，我也喜歡這些字畫，各取所需罷了。」

書生沈吟，忽然笑了。「好個各取所需，既然如此，我也不矯情，多謝姑娘光顧了。」

「好說。」安芷萱也爽朗地笑了。

「姑娘可是外地來的？」

「是啊。」

安芷萱早就想好了說詞，說自己只是路過此地，暫住幾日後，便要離開去找親人。

書生目光一亮。「既然如此，那麼容我為姑娘介紹，咱們這兒的靈山寺大有名頭，姑娘一定要去瞧瞧，那兒風景可美了。」

安芷萱聽了，立即來了興致，細問路途後，便要拜別書生，並叮囑他自己會找人來搬畫。書生又建議她搭馬車去，正好欣賞沿路風景。她想想也好，正好附近有馬車租用，她便上了馬車，往靈山寺去。

車簾一放下，書生便對車伕使了個眼色。

車伕勾唇一笑，策馬行去。

魚兒上鉤了。

安芷萱不知，書生不是書生，車伕也不是車伕，他們是一夥的，遇上獵物，就把獵物騙上馬車。

當安芷萱在逛小攤時，假書生就盯上了她。

他藉故攀談，知道這女人是從外地來的，便騙她上馬車，打算在馬車上把人弄暈，就「送貨」到指定地點。

對於世間險惡，安芷萱還是太過單純，她的仙屋只用在危急時，而此時她並不知自己已經上了賊船，還興致高昂地欣賞著窗外風景。

當馬車內的迷香散開，她只當自己犯睏，一個不留神就睡著了。

過了一會兒，馬車停下，車外傳來人聲。

「新貨到。」

車簾掀開，一隻手伸進來查探熟睡女子的脈象。

沒內力也沒武功，沒問題。

「行了。」

車簾放下，馬車又動了。

安芷萱是在一間簡陋的房中醒來的。

身處異地，讓她嚇了一跳，左右張望，四下無人，她忙去開門，發現屋門打不開，她眉頭緊鎖，不明白這是怎麼回事？

屋子當然關不住她，一個移轉，她人已在屋外。

她打量四周，發現自己所處之地是山中一間廢棄的屋子，這裡除了她，沒有其他人。

她立即回到仙屋，幾次移轉後，終於回到有人煙的城裡。

她想不通自己怎麼會跑到山上去了，只能暫時將這個疑惑放在心裡，對她來說，這也不過是個插曲罷了。

她想到自己買的那些畫，於是便去找書生。

「先生，我來拿畫啦！」

她笑咪咪地出現，可書生一見到她，就像見鬼似的瞪著她，令她感到奇怪。

「怎麼了？」

「我以為姑娘去了靈山寺……」

「喔，那個啊，我改日再去就行了，今日沒空，這些畫我就帶走了。」說著轉身吩咐自己叫來的人力車，把畫全放上去，然後便向書生告辭，人也坐上車走了。

她讓人力車伕把車子拉到一間茶樓前，下了車，笑咪咪地給了銅錢。

人力車伕看到客人多給了兩個銅錢，驚喜地笑得合不攏嘴。「多謝姑娘！」

安芷萱朝他點頭，便進了茶樓。

人力車伕數錢數得正高興，忽然想到什麼，一頓。

怪了，那些畫到哪兒去了？

安芷萱早把畫收到仙屋去了，那些畫可以裝飾她的書房呢。

她到了二樓雅座，照例叫了一壺茶、一盤小點心，待店小二走後，她就把剛才買的扇子拿出來欣賞。

不一會兒，一名女子站在她面前。

安芷萱抬頭，疑惑地看著她。

女子朝她頷首。「我家主人想請姑娘共飲一敘，不知姑娘可願意？」

「妳家主人？」

「我家主人就在鄰座。」

雅座與雅座之間都有簾子隔開，當女子將簾子掀起，安芷萱便瞧見了隔壁的男子。

他相貌俊逸儒雅，氣度不凡，一雙墨眸如海，似有波光流淌，只是靜靜坐在那兒抬眼看她，舉手投足自有一股風流雅致。

安芷萱直直地盯著他，一旁的侍女見了，心下暗暗鄙夷。

他們公子謫仙般的人物，女子見了都會移不開眼，但也不會像此女這般露骨，那目光簡直像蝴蝶沾了糖蜜似的。

安芷萱把男人看了個仔細後，轉頭問侍女。

「他是誰？」

柳如風怔住，侍女也錯愕。

她居然問莊主是誰？裝的吧！

侍女心中有怒，但礙於莊主在場，她不能失了氣度，否則丟莊主的臉。

「我們是凌雲山莊的人，這位是我們莊主。」

凌雲山莊的名氣在江湖可是響叮噹，百年山莊，誰人不曉？誰人不敬？除非這女人是鄉下來的土包子！

安芷萱還真是鄉下來的，而且是比其他鄉下更偏僻的鄉下。

什麼雲，什麼莊？也不知是哪個村子，因此她「喔」了一聲，算是回應。

侍女有些忍無可忍，聽了她家莊主的名號，她這是什麼反應？簡直不懂禮數！

「菊英，不可無禮。」

菊英聽到莊主命令，也只能忍住氣，退到一旁。

柳如風起身上前，保持著客氣的距離，朝安芷萱含笑施禮。

「在下柳如風，咱們先前見過。」

安芷萱眉頭擰得更深。

他說見過就見過？也不知是哪家的紈袴子弟故意裝熟呢！

她也不急，故意問：「在哪兒見過？」

「烏家商船上。」

聽到烏家商船，安芷萱還真愣住，這不就是她之前搭的船嗎？她再一次打量對方，並仔細回想，自己在船上時何時與這男人見過面？

聽他這麼一說，她這才發現，他似乎真的有那麼一點眼熟呢……

一個畫面浮現在她腦海。那一夜，船桿上，一樣的長髮，一樣的身高，一樣的銀白衣衫……

安芷萱驀地倒抽了口氣，連退一大步，見鬼地瞪著他。

柳如風無言，菊英錯愕。

瞧她這見鬼的表情，跟在船上她第一次見到他時一樣，她把他當成了鬼，當時還嚇得掉了下去。

也就是說，她只記得在船桿上的他，卻對船艙甲板上的他，毫無印象。

柳如風頭一回被女人如此無視，這感覺還真是……好笑和稀奇。

「當日在商船上嚇到安娘子了，在下一直想向安娘子致歉。」

安芷萱臉色漸緩，轉成了狐疑，能上那麼高的地方……輕功！

她恍悟，便收起大驚小怪的神色。

「喔，小事一樁，毋須掛懷。」

菊英深吸一口氣，這女人到底懂不懂，能讓他們莊主致歉的女人，現在還沒出生呢，她該感到惶恐才對！

柳如風倒是一笑。「多謝安娘子海涵，為表歉意，我作東，請安娘子飲茶。」

安芷萱並不想跟他有太多接觸，便道：「不必了，我不介意，你也不用掛心。」

啊啊啊——菊英忍不住了！

「咱們莊主親自邀請，妳竟然拒絕，簡直不知好歹！」

安芷萱眼神變冷。「怎麼，這就是道歉？我沒感激涕零還錯了？我就不去，妳能奈我何？」

菊英突然出手抓住她的手腕。「不如何，這頓茶，妳一定得喝。」

忽然，菊英手上一空，眼前的人不見了。

柳如風震住，菊英也呆愣。

她是何門派？是何來歷？竟在他眼皮子底下消失，速度之快，讓人瞧不出武功路數。

柳如風左右上下掃了遍，腳尖一點，掠過二樓廊欄，凌空躍到一樓，目光掃視一圈，依然不見她的蹤影。

他瞇細了眼。

此女……果真不簡單。

他從二樓直接躍下，一樓大堂的人一陣驚嚇，他目光環視，瞧見一人匆匆從外頭進來。

安芷萱本來要走了，但突然想到茶錢還沒付，只好又跑回來。

「掌櫃的，我坐二樓，茶錢你記得找他拿啊！」

她手一指，指的正是那個剛剛跳下來的柳如風，交代完，也不管對方是否答應，她轉身就走。

柳如風立即追出門。「安娘子請留步！」

安芷萱轉身瞪他，柳如風正色道：「在下有眼不識泰山，請教安娘子是哪個門派？」

安芷萱哼道：「我無門無派，自成一派。」

柳如風又是一怔，見她要走，他立即閃身來到她面前。「安娘子。」

安芷萱擰眉。「你到底想幹麼？」

「實不相瞞，在下確實有一事相請，請安娘子協助咱們一起抓緝淫賊。」

這時菊英已經匆匆追出來，正巧聽到莊主說的話，也是一怔。

安芷萱一愣，上下打量他。「你要抓淫賊？」

「是，安娘子可有見到官府告示板上的通緝畫像，畫像上是北山雙淫和狼魔。」

正巧，她還真看過，印象深刻。

見她沈思，沒有立即拒絕，柳如風接著說：「我見安娘子武功高強，因此想借安娘子之力，幫忙找尋惡人的蹤跡。」

「這事怎麼不找官府？」

「北山雙淫和狼魔是江湖敗類，官府能力有限，只能借助江湖高人來收拾惡人，為了此事，各門各派皆派出代表來研商大計。斬奸除惡乃江湖人該做的事，安娘子若願意，便到此處找我。菊英，把請帖給安娘子。」

菊英適才見識了安芷萱的能力，此時已不敢放肆，便恭敬地把請帖拿出來，遞給安芷萱。

安芷萱接過請帖，看了上頭的地址，想了想，抬眼看向柳如風。

「我考慮考慮。」

「行，所有門派都會在此處商議，到時希望安娘子能出席，就算給個意見也行，人多好商量。」

言盡於此，柳如風也知道不能逼得太急，否則只會讓對方生出防備。

他向安芷萱抱拳，便領著菊英轉回茶樓。

菊英走了兩步，想了想，又轉回來，朝她福身。

「我家莊主是個惜才之人，見安女俠身手不凡才因此相邀，適才是菊英唐突了，還請安女俠莫要見怪。」說著深深一鞠躬。

拜託女俠，妳一定要來，如此我不送命的機會也比較大啊！

一聲「女俠」，令安芷萱聽了頗為不好意思，所謂伸手不打笑臉人，而且人家又誠心向她道歉，她心胸沒那麼小，氣來得快，去得也快，便也好聲好氣地回覆。

「小事一樁，也沒什麼好計較的，若有空……我就去瞧瞧。」

菊英驚喜。「多謝女俠！」

有什麼樣的主人就有什麼樣的奴婢，她十分懂得察言觀色。

菊英走後，安芷萱看著手中的請帖，想了想。

反正也無事，便去查查吧！

第二十章

這幾天，安芷萱四處走動，了解城中的巷弄環境。

這已是她的習慣，每到一處新地方，她就會先把這地方混熟，遇到狀況時，就知道能移轉到哪兒，更何況，她若考慮參與北山雙淫和狼魔的抓緝行動，就更需要做些準備。

因為柳如風的邀約，她特地又溜到官府設在各處的告示板，再仔細把那幾張通緝畫像瞧一遍。

她盯著三張畫像，得到一個結論——都是俊美兒郎。

為什麼壞男人都長得這麼好看啊？老天真不長眼！

每座城都有個專營包打聽的營生，安芷萱找來了酒樓裡的包打聽，付了酒水錢。

「說說那個叫什麼來著？柳……對了，柳如風，這位凌雲山莊的莊主，風評如何？」

安芷萱對江湖的各門各派很陌生，且她與柳如風不熟，覺得自己有必要先了解一下江湖事。

「凌雲山莊是江湖四大莊之一，莊主柳如風不僅武功好，還是難得一見的美男子，為人行俠仗義，是下一任呼聲最高的武林盟主。柳莊主風流倜儻，溫文有禮，至今尚未娶妻，想與柳莊主聯姻的門派不少。」

安芷萱對柳如風娶誰並無興趣，得了一句行俠仗義的評價便放心了。

「那個北山雙淫和狼魔又是怎麼回事？」

說到這三個惡人，包打聽魁三亦是一副咬牙切齒。

「北山雙淫專抓女人，據說跟紫河車有關，狼魔則以小孩嫩肉為食，如今他們的行蹤出現在東江一帶，令百姓人心惶惶。」

安芷萱聽罷，覺得打聽得差不多了，便把一錠銀子擱在桌上。

「謝了，多的賞你。」

得了一錠銀子，魁三笑得合不攏嘴，沒想到這位娘子出手如此大方。

「夫人厚賞，豪爽大方，小的願意再多送夫人一個消息。」

安芷萱正要起身離開，聞言又坐下，好奇地問：「什麼消息？」

魁三先是左右張望，接著傾身向前，壓低聲音。

「近來，江湖上出了一名神秘客。」

「哦？」安芷萱來了興趣。「什麼神秘客？」

「是個女人，據聞此女武功路數奇特，能在幾息間神出鬼沒，縮地為尺，又能日行千里，出現在百里之外，教人摸不著頭緒。」

她詫異。「這麼厲害？」

「豈止厲害！聽說她得罪了朝廷權貴，派出錦衣衛到各地大肆搜捕，卻始終抓不到人，江湖給此女取了個綽號叫『黑寡婦安娘子』，只因此女是個寡婦，膚色偏黑。」

「……」

「我看夫人對江湖小道消息頗感興趣，就給夫人說說這門趣聞，就當酬謝夫人厚賞了。」

「不客氣。」安芷萱面上微笑，心下把易飛的祖宗八代都問候個遍。

安芷萱——也就是黑寡婦安娘子，戴上幃帽離開了酒樓，考慮把自個兒臉上的汁液洗去，不再塗黑，免得引起官府注意。

安芷萱越想越氣。

官府官兵、錦衣衛、城守……怎麼到哪兒都有他的眼線！

她雖然有仙屋可躲，但總不能躲一輩子吧？

她想了想，為了慎重起見，趁錦衣衛找來前還是離開東江縣吧，免得夜長夢多。

因此她決定去見柳如風，拒絕他的邀約，對付那個什麼北山雙淫和狼魔的，她還是不去湊熱鬧了。

她按照柳如風給的地點抵達，被領進院子時，就見柳如風正好與眾人走了出來。

柳如風一看見安芷萱，眼睛一亮，當眾介紹。

「諸位，她便是在下先前跟各位提到的江湖高手安娘子。」

「什麼？她就是黑寡婦安娘子？」

「閣下之名，如雷貫耳！」

「久仰安娘子大名，幸會幸會！」

安芷萱嘴角暗暗抽了抽。

柳如風有江湖盛名，被他禮遇之人肯定不同凡響，因此在場的江湖高人紛紛上前自報門派，與她見禮，態度熱忱恭敬。

「有安娘子加入，相信咱們一定能抓到北山雙淫和狼魔，為武林除害！」

眾人一聽，紛紛點頭稱是。

大夥兒都是熱血之人，來自各門各派，齊聚一堂，就是為了行俠仗義，對她抱以熱烈的歡迎。

安芷萱像吃了蒼蠅似的，半句拒絕的話都吐不出來，還被眾人迎進屋裡，設了座，一起共商為民除害的大計。

安芷萱心中煩悶，懊惱著該如何拒絕時，突然有人點了她的名。

「關於此事，不知安娘子有何高見？」

安芷萱這才回神，但她根本沒注意對方剛才講了什麼？

另一人道：「據柳莊主所言，安娘子擅長隱藏身形，比東瀛忍者更厲害，北山雙淫之所以難抓，亦是因其行蹤神出鬼沒，往往在找出他們藏身處之前，就被他們逃了，不知安娘子可有牽制之法？」

安芷萱心想，若不趁此拒絕，恐怕沒機會了。

她心一狠，站起身，朝眾人欠了欠身。

「承蒙各位看得起，實不相瞞，除了隱藏身形，我實在沒有各位想得那麼厲害。」

沈越聽了，笑道：「安娘子謙虛了，我和如風都見識過安娘子的奇功，絕非虛言。」

「不，我真的沒那麼厲害，是你們高看我了，我不敢托大，就怕誤了各位的大計，我會良心不安的。」

總之，她打死不承認，請他們另請高明。

沈越挑眉，安娘子這是在推託？

他看了柳如風一眼，柳如風只是帶笑，似是打算在一旁看戲。

沈越想了想，突然道：「安娘子，得罪了。」話落，突然拔劍出鞘，朝她刺去。

劍尖刺了個空氣，人瞬間消失。

沈越只是故意一試，想激出她的本事，沒想到一劍就成，更讓他沒想到的是，這女人真的憑空消失了，速度快得不可思議。

在座眾人皆驚，柳如風亦驚。

「哈！」沈越興奮跳腳。「瞧！我早說了，她眨眼就不見，你現在信了吧！」

有人驚問。「人呢?!」

眾人左右張望，驚愕之際，突見沈越被人從屁股狠狠踢了一記。

堂堂大俠沈越就這麼往前栽去，踢他的人正是黑寡婦安娘子，她正黑著一張臉，冷冷瞪著沈越。

眾人震撼，柳如風看看地上的沈越，點頭道：「我信了。」

眾人終於明白為何柳如風稱她是高手了，放眼江湖中，誰能做到像她一樣，縮地為尺……不，是縮地為寸！

一時之間，眾人再度稱好。

「安娘子功夫了得，我山陰派服了！」

「安娘子莫再謙讓，在下大開眼界了！」

「一山還比一山高，安娘子果真不凡！」

「……」不，她不是故意的，她只是……衝動了。

眾人盛情難卻，安芷萱露了這麼一手，更難拒絕了，她輕咬著唇瓣，十分苦惱，轉而向柳如風求助。

「柳莊主……」

「安娘子有何高見，願聞其詳。」柳如風拱手，目光含笑。

她聽了沒好氣，自己根本不知道要說什麼，哪來的高見？還有，他笑什麼？他是故意的吧？

見眾人齊齊看向她，目光殷殷期盼，安芷萱只好豁出去了，既然他們想聽她的意見，她就隨口說說。

「查查那些女人是在哪裡消失的，說不定可以找出線索。」

沈越被她踢了一腳，也不氣，殷勤回答。「查過了，那些女人失蹤的地點各不相同，有的是去洗衣時不見了，有的是出門採買時失蹤了，有的是逛市集時消失了，有的是上了馬車後便不知去向。」

安芷萱聽了一怔。

這路數怎麼聽起來有些熟悉？

她突然想到那位賣畫的書生，又想到那輛馬車，自己上了馬車後，莫名其妙到了一間陌生的屋子……

沈越繼續道：「這些女人消失的原因都不盡相同，也沒有共通點，更沒有留下任何線索——」

安芷萱猛地站起來，沈越一噎，瞪大眼盯著她。

她瞄了沈越一眼，丟了句。「我去查查，去去就回。」也不等他答話，她轉身就走。

「喂，妳去哪兒？」沈越追出去，過了一會兒，又走回來。

「真邪門，那女人咻一下就不見了，跟變戲法似的。」

眾人看向柳如風，就見柳如風笑得雲淡風輕。「如各位所見，安娘子確實是位不可多得的江湖高手。」

安芷萱又回到上次關押她的那間屋子。

可這回屋子不是空的，關了一個女人，屋外有人守著。

她後知後覺，原來上回她是被抓了啊！知道了前因後果後，她觀察了一陣子，最後明白了怎麼回事。

她一陣火大，為什麼她初來城中就遇上這種倒楣事！彷彿她天生運勢帶屎，她都把臉塗黑了，還被瞧中！

這些人欠教訓！最直接的方法就是把這些人一網打盡，不過這些人都只是小嘍嘍，拿錢辦事，分工合作，挑人、送貨、驗貨、看守，各司其職。

真正的幕後主使人，北山雙淫和狼魔一直未出現。

安芷萱在調查過程中，好幾次差點被發現，最後都是驚險地躲進仙屋，才沒有洩漏行跡。

她有仙屋護身，藏在暗處都找不著幕後主使，也難怪柳如風等人一直尋不到惡人的藏身處。

安芷萱想了想，她雖有仙屋，但鑑於上回在馬車上被迷暈的教訓，她不敢高估自己，像這種懲凶罰惡之事，還是交給那些真正的江湖高手去做吧，因此她又立刻回去找柳如風等人。

「我查到他們關押女子的地點了。」

眾人驚訝，連柳如風也很意外。

沈越驚訝地站起身。「當真？」

安芷萱來到桌前，隨手拿出一張東江城的地方輿圖，打開放在桌上。

……這麼大的輿圖，她剛才是放在哪兒了？

安芷萱指著其中一處山腰。「這裡有一間廢棄的土屋，女人就關在這裡。」

眾人圍在桌旁，柳如風和沈越分別站在她左右兩邊，低頭看著輿圖。

「妳如何查知？」

沈越忍不住質疑，昨天才說要查，今日就有了線索？

不是他不相信她，而是他們查了這麼久，她卻只花一天就查出來，實在叫人難以相信。

其他人也是相同的看法。

安芷萱丟了個冷眼，淡漠道：「祖傳秘法，無可奉告。」

沈越一噎，柳如風插嘴道：「安娘子既然能說出地點，必有她的道理，還請安娘子將所有線索告知。」

這話中聽！

安芷萱這人很簡單，別人敬她一尺，她就敬對方一丈，看在柳如風面子上，她繼續往下說，把那些小嘍嘍分工的情況詳細告知。

柳如風點頭，與眾人計議一番後，柳如風決定先親自去探探。

他發現安娘子說的地點真有一間土屋，也如她所言，那兒關了一群女子。

眾人合議一番後，決定出發前往，安芷萱卻不跟他們走。

「你們先去，我隨後到。」

沈越奇怪。「為何？大夥兒一起走，有個照應不是更好？」

安芷萱橫了他一眼。「我能變戲法過去，何必用兩腳走路？」

沈越被噎，柳如風挑眉，眾人聽了失笑。

大夥兒都是練家子，各自憑本事展現輕功，來到土屋附近，就見一人從草叢冒出頭來，神秘兮兮地對他們招招手。

那人不是別人，正是安芷萱。

安芷萱挑的地點正好可以俯望那間屋子，也適合藏身，眾人便各自找好地方。

柳如風來到她身旁。

他看似盯著那間土屋，實則細細觀察身旁的女子。

柳如風很少會注意一個女子，也難得會對一個女子產生了好奇和興趣。

他見過各門各派的江湖美人，她們或許嫻靜，或許冰冷，或許古靈精怪、豔麗嬌美，各具特色，但都有跡可尋，他唯獨沒見過像安娘子這樣的女子。

她看著他時，目光純粹，沒什麼城府，就像一個再平凡不過的女人。

可他知道，她不平凡。

她令他困惑，也令他覺得有趣，多麼矛盾的一個女人。

沈越建議大家分頭行事，勝算會更大，其他人也如此認為，唯獨安芷萱有意見。

「打架我不行，就在這裡等你們。」

沈越呵了一聲。打架不行？是誰從背後把他給踢了？

「我說真的，我沒有內力。」

沈越驚訝，伸手就要去探她脈門，柳如風比他更快，先一步握住她的手腕。膚觸細嫩，柔軟無骨。

安芷萱低頭看向握住自己手腕的大掌，又抬頭看了柳如風一眼。

柳如風一本正經，點頭道：「確實，她沒有內力，不宜出手。」

安芷萱得意地朝沈越抬高下巴，有柳莊主為她作證，總不會是假的吧？

沈越卻是看著柳如風，目光頗為意味深長。

兄弟，你是不是對人家有意思？

柳如風任他打量，始終微笑以對，毫無心虛之色。

他微微低頭，輕聲對她道：「妳待在此處，待完事我來接妳，可行？」

他說的是我，不是我們，安芷萱沒多想，只當他是說完事後大家在此集合。

不用她出手，當然好。

「行。」

柳如風勾唇，丟下了句。「等我。」話落，率先行動。

其他人見狀，立即跟上。

安芷萱第一次見識到柳如風的能耐，他施展輕功，一下子便飛得老遠。輕功哪……真令人羨慕，她不禁感嘆，許久不曾憶起某些人、某些事，這時候那些人事物，卻又不受控制地浮現在她的腦海裡。

這情況似曾相識。

曾經，她也跟著一群人出生入死，一起為同樣的目標奮鬥……唉，想到就心痛！

安芷萱莫名煩躁，前塵往事已矣，她不願再想起，早就下定決心力圖振作，不可再讓自己陷入低落的情緒。要知道，仙屋跟她的心境相連，她承受不起失去仙屋的驚嚇。

為了讓自己轉換心情，她拿出一包糖炒栗子，還熱呼呼的，跟剛出爐一樣，一邊剝殼吃，一邊看著前方的刀光劍影，人影翻飛。

柳如風一行人很快制伏了那些人，想跑的就打傷腿，想服毒或咬舌自盡的就卸掉下巴，總之全部活捉，一個都不放過，畢竟他們還要拷問這些人，找出北山雙淫和狼魔的下落。

江湖高手下手就是俐落，一刀一式，一拳一腳，完全不會浪費工夫，讓安芷萱感觸良多。

柳如風回來時，看到的就是她吃零食的模樣，有種客官站在戲班子前面吃瓜子看戲的既視感。

「……」這女人真的很不一樣。

況且這一路上，他根本沒聞到她身上的糖炒栗子味道，她是藏在哪兒了？

安芷萱見他搞定了，便站起來，拍拍手上的碎屑。

「辛苦了。」

柳如風盯著她，緩緩彎起嘴角的笑，伸手去抹她的嘴角。「這裡也沾上了。」

安芷萱愣住，他出手太突然，讓她反應不及，待她回神，他已經收手，轉身道：「走吧，這裡的事已經搞定，先把人帶回去再商議對策。」

他語氣自然，好似適才那一手，對他而言不算什麼。

安芷萱心想，八成是自己多心了吧？她臉上塗了藥汁，稱不上是美人，柳如風英俊瀟灑，眼光不可能這麼差，這大概就是江湖人的不拘小節吧。

想通這一點，她便將此事拋在腦後。

接下來幾日，眾人與官府合作，將失蹤的女子和孩童一一送回家，又將抓到的人犯嚴刑拷打，果然逼問出了線索。

柳如風與各門派高手一同圍剿，終於抓到了北山雙淫。

安芷萱聽聞抓到了人，要求進牢房看他們審訊。

她拿著通緝畫像比對兩人相貌，忍不住狐疑。

「長得不像啊！」

沈越笑道：「當然不像，畫像上是易容後的面貌，現在才是他們的真面目，這便是為何咱們一直難以查到他們行蹤的原因。」

安芷萱看看畫像，再看看真人，忍不住罵道：「只聽說把自己易容成醜八怪的，沒見過把自己易容成英俊小生的，真不要臉。」

沈越和其他人皆哈哈大笑，柳如風也彎起嘴角，瞧了她一眼。

易容成醜八怪嗎？

這表示，她的原貌應該是個美人吧？

柳如風早看出來她在自己臉上動了手腳，只是不說破罷了，而他能看出來，也是因為安芷萱露出了馬腳。

她不知道，武功高強之人的眼力和記憶力都有過人之處，安芷萱臉上的藥液為了不傷肌膚，必須每日換新。

當她每晚把臉上的藥液洗去，再塗上新的，那顏色便有出入，若不仔細觀察，會覺得差不多，但柳如風是什麼人？他能成為凌雲山莊的莊主，自有過人之處，對細微之差，自是敏銳非凡。

沈越道：「只可惜沒抓到狼魔，被他給逃了。」

「那怎麼辦？」

「逼供啊，北山雙淫和狼魔是一夥的，肯定知道些線索。」

「喔……」她想到那些嚴刑拷打的畫面，覺得有些怵目驚心。

柳如風見狀，溫言安慰。「對付江湖敗類要用江湖手法，妳放心，那種下作的刑具逼供，流血刮肉的太傷眼，咱們不用。」

沈越也道：「用江湖手法一樣可以讓他們生不如死，哭爹喊娘地求饒。」

安芷萱聽了，立即鬆了口氣。「那就好。」她拿了張凳子過來坐下，隨手抽出一包醃過的小魚干。「那開始吧。」

「……」沈越和柳如風一陣無語，那種客官看戲的既視感又來了，還有，她身上到底藏了多少零食啊？

說起來，北山雙淫能禍害那麼多年，只因擅長躲藏，一朝洩漏了行蹤，就成了甕中鱉。

這次多虧安娘子，讓他們得了先機，掌握行蹤，才能把這兩個禍害一網打盡。

北山雙淫落網的消息在百姓中傳了開來，紛紛慶賀，有銀子的就辦幾桌流水席，請眾人吃喝，沒銀子的就買鞭炮慶祝，一時之間，大街小巷的熱鬧勁兒就像過年似的。

柳如風廢了北山雙淫的武功，之後的處置事宜也交給他與官府去交涉，便沒安芷萱什麼事了。

知府大人為了感謝江湖豪傑行俠仗義，除了奉上豐厚的賞金，還在城中最有名的翠羽樓宴請諸位豪傑。

江湖人行事不拘小節，與凡事講究規矩王法的官家格格不入，因此江湖與朝廷間總是井水不犯河水。

江湖上能人異士居多，只要不觸犯朝廷，朝廷亦是禮遇，不願生事。

柳如風之所以在江湖上能說得上話，不僅僅是凌雲山莊的名聲，也與他圓滑的行事作風有關。

他雖是江湖人，卻沒有江湖人的粗暴之氣，相反的，他有文人的優雅氣度，行事圓融，與三教九流都能友善往來，因此他與大商人烏笙交好，面對官府和朝廷，他也能侃侃而談，讓人如沐春風。

官府大人的面子是要給的，加上柳如風居中牽線，其他人便同意了這次的邀約，除了安芷萱。

「官府的邀約我就不去了。」開什麼玩笑，她可是朝廷要抓的人，才不會傻得去自投羅網呢！

其他人只當她不想去，但柳如風和沈越卻知道原因。

當初在烏家商船上，錦衣衛帶著官兵上船搜查的就是她。

為此，柳如風派侍女帶話給她，邀請她私下一敘。

安芷萱想了想，柳如風對她一直很禮遇，便同意了。

安芷萱跟在侍女身後，一路沿著長廊，經過九曲橋，來到池邊的涼亭。

涼亭的石桌上已備好茶具，爐上煮了茶，桌上還備了小點，石椅上鋪了軟墊，香爐裡燃著淡淡的幽香。

姑娘家最喜歡這種漂亮雅緻的地方了，更何況還準備了精緻的小點，看了心情就十分好，安芷萱也不例外。

柳如風捕捉到她目光中的晶亮，勾起了嘴角。

「這次多虧安娘子相助才能抓到北山雙淫，在下為那些受苦的女子向安娘子表示感激。」

言下之意，今天的一敘其實是為了致謝。

柳如風給人的感覺光風霽月，因此安芷萱並無他想，她也不認為柳如風對她會有任何目的或想法，因此態度也大大方方的，一點都不忸怩。

柳如風親自為她斟了一杯茶，安芷萱接過就喝，入口茶香，連她都忍不住驚豔。

「真好喝。」

她不懂茶，因此不知道有些上好的茶喝了可以回甘，唇齒留香。

柳如風細細為她介紹，這是君子茶，是茶中的聖品，而泡茶的水則是每日清晨採擷梅枝上的花露收集而成。

飲茶是一種風雅，而柳如風是個擅長說故事的人，用詞生動，沒有贅言，引人入勝，因此安芷萱聽得入神，不知不覺徜徉在故事中。

「好茶要配好點心，妳嚐嚐。」他將一盤桂花蜜糕輕輕往她那兒一推，嗓音帶著溫柔的蠱惑。

這點心不只做得精緻漂亮，味道更是極品，安芷萱這一路走來，吃過的點心也不算少，但桂花蜜糕的美味依然令她驚豔。

不待她開口，柳如風已經主動為她介紹這點心的來歷，包含它的用料，以及如何闖出盛名。

安芷萱聽得認真，都忘了問柳如風叫她來有何事。

沈越一行人經過時，便瞧見池畔涼亭裡坐了一對麗人，男俊女美，氣氛融洽。

「柳莊主該不會真的看上那寡婦吧？」

沒錯，柳如風就是看上她了。沈越心知肚明，但面上卻要裝作不知，為兄弟圓過去。

「柳莊主知人善任，恩怨分明，安娘子是他找來的，狼魔尚未抓到，柳莊主行事，自有他的道理。」

這話說得在理，眾人聽了都覺得十分有道理。

另一頭，柳如風投其所好，知道安芷萱喜歡書籍，便道：「後日我與沈越要去拜訪一位友人，他藏書萬卷……」

「咦？他有許多藏書？」

「此人好書成癡，建了一座樓閣，專門放各類書籍。」

他先引出話題，勾起她的興趣，然後順著話題，與她展開討論，說得她心癢難耐，忍不住提出要求。

「我能去看看嗎？」

他爽朗道：「行，到時候我就說妳是我妹子，對方必會接受的。」

安芷萱一臉欣喜，一點也不覺得當人妹子有什麼不好。

「不過……」話鋒一轉，柳如風沈吟道：「既是訪友，得送些禮，安妹子覺得咱們該送什麼才好？」

安芷萱被叫了安妹子，也不覺得有什麼不對，她不是小氣之人，因為她銀子多啊，便又被他引開話題，改而商討「禮物」。

待聊得火候差不多時，柳如風便建議。「既然如此，咱們就送一套新茶具給他吧！說到茶具，我聽說東江一帶最有名的就數錦鏞鎮的茶具，不如明日一早咱們出發去看看，妳覺得如何？」

話題又從禮物聊到了茶具。

安芷萱聽得津津有味，她本就喜歡各地風情，而柳如風就像一本書，還是一本飽讀詩書的書。

柳如風一邊風趣地為她解惑，一邊自然地為她斟茶，又叫人送上一盤點心，這點心還跟剛才吃過的桂花蜜糕不一樣，那又是一個新話題了。

安芷萱聽他說了那麼多製造茶具的故事，早被挑起了興趣，所以人家邀請她去錦鏞鎮，她立刻就答應了。

「行，咱們明日就去錦鏞鎮！」

柳如風語氣含笑。「行。」

第二十一章

隔日清晨，安芷萱從屋中走出來，柳如風已經等在前院的馬車旁。

安芷萱左右瞧了瞧。「沈越呢？」

「他不耐坐馬車，騎馬先行。」

「喔。」

安芷萱不覺得有什麼，踩了板凳上馬車，等到柳如風也坐進來時才意識到，車廂裡就他們兩人，似乎有些怪。

但是等到柳如風很自然地從車廂抽屜裡取出一組茶具時，她的注意力不自覺就被吸引去了。

「妳看，這茶具就是錦鏽鎮出的，也是有來歷……」

柳如風侃侃而談，引經據典，安芷萱聽得入迷，便也不覺得兩人共乘馬車有什麼不對。

到了錦鏽鎮，柳如風率先下了馬車，待她探出頭來時，他很自然地伸出手扶她下車。

他態度自然，禮貌周到，安芷萱與他一路相談甚歡，兩人更熟稔了，也沒覺得哪兒不對，便也順著他。

兩人同行，他陪伴在側，微低著頭，又開始為她細細介紹，安芷萱也仔細聆聽。在他人眼中，男子一路隨侍在側，目光溫柔，輕聲細語，行為呵護，便知男子對女子似有傾心。

事實上，柳如風對她只能說極有興趣，還不到傾心的地步。像他這樣的男人、這樣的身分，確實眼高於頂，但他不會明講，只會表現在疏離淡然的態度上。

不過能讓他另眼看待、耐心相陪已經是特例了，就連伏鷹宮大美人紀楚楚，也得不到他如此對待。

他看似溫文儒雅，其實性子冷然，他知道許多女人傾慕他，而他也很懂得如何擄獲女子的心，只看他要不要而已。

只消一眼，他就知道女子對他是否有好感，但他始終保持著翩翩君子的風貌，女子在他面前便不敢放肆。

女子仰望他的目光如仰望謫仙，不敢褻瀆，唯獨一人例外。

安娘子看到他的第一眼，將他當成了鬼。

或許那一夜太暗，她瞧不清楚他的翩翩風采，來不及注意他超乎常人的俊美不凡，那麼第二次呢？

她來到他的船艙甲板上，陽光明媚，能把人瞧得清清楚楚，她見到他，依然沒有驚豔，沒有愣怔，說借過時還帶著幾許敷衍，她甚至不記得他。

他見過很多美人，這其中不乏以退為進，或者故意冷淡以對來引起他注意的冰山美人。

他含笑看著那些女子在他面前演戲，他不點破，陪著她們一起演，他只是站在高山，俯視世間的一切。

這便是他對安娘子產生興趣的原因，他在她身上感覺不到以退為進，察覺不到她有任何作戲。

當他握住她的手腕時，她脈象平穩，毫無悸動，不受他的誘惑和影響。

這次前來聚集的各派弟子中不乏青年才俊，姑且不論他柳如風，沈越是伏鷹宮少主，亦是俊美兒郎，而她對沈越同樣不假辭色。

她看他們的眼神很純粹，沒有意亂情迷，連「欣賞」都談不上，只有自己在對她侃侃而談時，她的眼神才會發光。

她求知若渴，對這世間事的好奇，遠超過對他的興趣。

這便是柳如風對她另眼相待的原因，再美的女子，看久了也就那麼一回事，但遇上一個謎一樣的女子，令人好奇想親近。

兩人來到錦鏞鎮，沿著大街漫步，一間一間地逛著。

以往，安芷萱都是走馬看花，如今有柳如風作陪，經由他生動的解說和介紹，讓這些貨物因為歷史典故而變得鮮活起來，也讓她學到了欣賞的眼光。

選了一套茶具後，安芷萱不想占他便宜，堅持自己出銀子。

「說好了送禮，哪有全由你付的道理？」

柳如風點點頭。「既然如此，咱們各付一半，如何？」

安芷萱聽了覺得公平，便沒意見。「行。」

隔日，柳如風領她一塊兒上了馬車，前去赴宴。

照例，沈越又是策馬先行，只有他們兩人共乘馬車。

安芷萱有了一次經驗，便覺得這是江湖上的不拘小節，無傷大雅。

大商人烏笙是跑船發跡的富商，他的商船專門運送南北貨，攢下的財富足以買下整座山，他便劃了一處背山面水之地，請來最好的匠師，建了烏家莊園。

莊園占地廣大，樓閣林立，因為地處半山腰，遠眺城鎮，盡收美景。

烏笙將此莊園命名為「君子園」，專門用來招待權貴和各路英雄。

今日便有一場宴席，柳如風是座上貴客，他帶來的人，烏家護院自是不敢阻攔。

柳如風讓手下將禮物呈上，交予大管家。「此物是我與安娘子一起送的禮物。」

柳如風的現身已經引來眾人目光，而此話一出，讓安芷萱也跟著成了眾人的焦點。

安芷萱只覺得奇怪，眾人盯著柳如風很正常，但一直盯著她看做啥？

她不明白上流階級的講究，她與柳如風合送一份禮，便代表兩人關係匪淺，這便引來了許多猜測。

柳如風始終含笑，玉樹臨風地站在她身旁。

大管家親自領他們進去。

烏家莊園從大門到宴廳的過道鋪了鵝卵石，兩旁樹木成蔭，花團錦簇，遠處樓閣金碧輝煌。

柳如風瞧了她一眼，就見她只好奇地觀看，眼中並無驚豔，也沒有被這裡極具巧思的莊園給迷了眼。
烏笙的君子園像個世外桃園，但它最大的特色是來自海外的珍品，例如園中的噴泉、琉璃窗，以及在園中漫步的彩鳥，皆令賓客驚喜連連。
他哪裡知曉，莫說烏笙這處園林院子，就算是皇宮，在安芷萱眼中也不及她的仙屋。
可她的淡然在瞧見那一屋子的書籍時，轉成了驚豔，美眸熠熠，連柳如風都能感受到她全身散發出的喜悅。
沈越早就到了，聽說柳如風他們也抵達了，立即大步走來，他身後還跟了兩位師妹。
「真慢，你總算來了。」沈越和柳如風是好哥兒們，兩人交情自不在話下。
柳如風與沈越招呼一聲，看向他身後的兩位女子，含笑點頭。「兩位姑娘，許久不見。」
紀楚楚和陸雅兒朝他欠了欠身子。
陸雅兒個性活潑，喊了一聲「柳大哥」，紀楚楚則是微紅著臉，我見猶憐。
柳如風與兩位姑娘見禮後，便對她們引介。「這位是安娘子，我的朋友。」

眾人齊看向安芷萱，她的注意力都在藏書閣，聞言轉過頭來，學江湖人朝她們拱手，算是打過招呼，然後對柳如風說：「你忙你的，不必管我。」

「……」還真是不把他放在眼裡啊。

沈越在一旁憋笑，柳如風面不改色，微微彎腰，柔聲細語地對她叮囑。

「我先去打聲招呼，忙完就來找妳。」

語氣中隱含的親暱，令兩位姑娘微微色變。

安芷萱未曾注意，整副心思都在藏書閣上，匆匆應了一聲，便朝藏書閣走去。

沈越見狀，也打算跟去。「那我——」

「走，隨我一起去找烏笙。」柳如風打住他的話，抓住沈越，不准他把兩位師妹丟給他。

由於安芷萱是柳如風帶來的人，便能憑著柳如風的玉牌進入藏書閣。

對她來說，這藏書閣跟藏寶庫差不多，因為書中自有黃金屋啊！

這棟藏書閣足足有六層樓高，她縱然見過高山流水、人間奇景，卻也不免被這藏書閣的書香氛圍給震懾了。

安芷萱正沈迷於藏書寶庫，身後倏地傳來女子的招呼聲。

「這位娘子。」

安芷萱怔住，回頭一看，只見兩名亭亭玉立的美人站在身後看著她。兩名女子各有特色，一人嬌俏，另一人則嫻靜端雅。

她們帶笑地向她點了點頭，安芷萱也點頭回禮。

嬌俏女子十分健談，率先開口。「咱們是伏鷹宮的人，我叫陸雅兒，她是我師姐紀楚楚，不知娘子如何稱呼？門派為何？」

由於兩名女子態度和藹，客氣有禮，安芷萱對她們自然也是客客氣氣的。

「我叫安芷萱，無門無派。」

二女微怔，彼此看了一眼，交換眼色，陸雅兒便與她攀談起來。

安芷萱只受過男人的虧，對女子較無防備，況且這兩名女子不論相貌或氣度，都令人眼睛一亮，易生好感，不知不覺便把自己的底給招了。

聊了一會兒，兩名女子便微笑告辭。

待出了藏書閣，陸雅兒和紀楚楚特意走到一旁，確定四下無人後，陸雅兒這才忿忿不平。

「一個死了丈夫的女人，何德何能得到柳大哥的另眼看待？」

陸雅兒聽師兄沈越透露，柳如風交了一位紅顏知己時，她還以為這女子是哪個名門大派的弟子，卻沒想到無門無派，還是個寡婦。

紀楚楚沈吟一會兒，輕道：「或許，她有特別之處。」

陸雅兒嗤了一聲。「特別？就憑她？相貌平凡，膚色又黑，還是成過親的，我適才藉機摸了她的脈門，沒有內力，沒有武功，她只是個普通婦人罷了。」她不相信柳大哥的眼光會差勁至此，看上一個普通的寡婦？

紀楚楚不像師妹那般喜怒外露，因為自恃身分，即便心中不悅，也不會輕易顯露，免得有損自己的身分。

陸雅兒就不同了，在她心中，師姐紀楚楚是他們伏鷹宮引以為傲的大美人，還是嫡傳大弟子，受師祖和師父看重，才貌兼具，多少江湖兒郎見到她家師姐，都要驚為天人。

美人配英雄，師姐就該配柳大哥這樣的兒郎，而她也知道，師姐心中一直喜歡著柳大哥。

這次她們受師父之命前來赴宴，順便來找沈越大師兄。

沈越是宮主唯一的兒子，亦是伏鷹宮未來的繼承人，伏鷹宮接受烏笙的邀約，還不是看在烏笙是柳大哥和大師兄朋友的分上，否則憑他一介商人，有什麼資格能請到伏鷹宮的人？

紀楚楚也是不服氣的，她自認在各方面都是一等一，追求她的人不少，而她看上的，卻只有柳如風。

她一直期待與柳如風結下姻緣，等他來跟自己提親，也認為自己各方條件都足以匹配凌雲山莊莊主夫人的頭銜。

她不認為柳如風會喜歡那位安娘子，那女人沒有美貌，又是寡婦，而柳如風是個翩翩君子，對誰都客客氣氣的。

「聽大師兄說這次能抓到北山雙淫，安娘子出力不少，柳大哥對她高看一眼也是應該的。」

陸雅兒想了想，覺得有道理，心裡的不平才稍微舒緩了些。

「我就說嘛，柳大哥怎麼可能看上那女人，連提鞋都不配！」

紀楚楚無奈搖頭。「妳呀，別這麼數落人，只要肯行俠仗義，都值得尊敬。」

陸雅兒哼道：「師姐，妳人太好了，可別小看寡婦啊。」

紀楚楚淡笑不語。

小看？不，她是根本沒把安芷萱放在眼裡。

她是伏鷹宮的嫡傳弟子，安芷萱這樣的人，還不值得她高看，況且柳如風是什麼人？他代表凌雲山莊，將來娶的女人也必須與他門當戶對，才擔得起凌雲山莊莊主夫人這個頭銜。

堂堂的凌雲山莊莊主若是娶個寡婦，肯定會遭到所有人的反對，根本毋須她出頭。她相信柳如風為了自己和山莊的名聲，不會這麼傻。

想到此，紀楚楚微笑，始終保持著優雅的儀態。

「走吧，咱們今日代表伏鷹宮來赴宴，別跟個寡婦計較，降低了身分。」

陸雅兒立即甜甜地回答。「是，謹遵美人師姐之命。」

師姐妹兩人低笑，緩緩朝宴廳走去。

安芷萱是被柳如風請人去帶來的，免得她迷路。

她頭一回參加這種盛宴，自是好奇，正好肚子也餓了，反正藏書閣不會跑，便暫時擱下看書的慾望，前來赴宴。

這宴廳除了寬闊，處處透著巧思，充滿了異國風味。

入席有專人帶領，侍女和小廝穿梭其中，個個都是俊男美女，每個人都經過嚴格的訓練，手腳俐落，將水酒和小點心送上桌，供客人享用。

座席安排有一定的規矩，根據賓客的身分地位，以及身後代表的門派，務必做到賓至如歸。

不過，從客人距離主桌的遠近，還是能看出身分高低。

柳如風和沈越自是安排與主人烏笙同桌，至於無門無派的安芷萱，自然被安排在宴廳的角落。

安芷萱沒有攀比的心，也沒有那麼多彎彎繞繞的想法，她只是跟著柳如風來見見世面。

她這桌坐的全是各門各派的弟子，大家互相報上自家門派後，崇山派女弟子陌琴，聽聞她就是赫赫有名的安娘子，立即拱手致意。

「北山雙淫一戰，安娘子行俠仗義，令小女子佩服。」

其他人聞言，也紛紛抱拳致意。

這些弟子雖然來自名門各派，但年紀輕，又有一腔熱血，很快就熱絡起來。

安芷萱的同齡朋友不多，當初遇到的第一批朋友便是李大夫、易飛和喬桑一行人，可惜最後分道揚鑣。

後來她又認識了長篙、玉香兄妹，本以為可以當一輩子的鄰居，也因為她被抓進牢中，生怕給他們添麻煩，她便離開他們，終至斷了音訊。

此後，她一直在各地飄泊，居無定所，為了躲開那男人派來的眼線，她不敢在一處停留太久，直到遇上柳如風和沈越。

這些門派弟子的年紀都與安芷萱相當，皆是十六、七歲的少男少女，大夥兒聊了幾句，發現興趣相投，氣氛更是輕鬆不少。

大家聚在一起就喜歡聊些江湖傳聞，交換消息，而近來江湖上最轟動的，便是北山雙淫落網。

敗類人人得而誅之，更何況柳如風還是抓住他們的功臣之一，而柳如風向來是炙手可熱的人物。

陌琴好奇問：「安娘子與柳莊主很熟？」

安芷萱想了想，她與柳如風一起抓北山雙淫，也貢獻了一點功勞，算是戰友吧。

「我與他是朋友。」

朋友也分很多種，點頭之交？紅顏知己？

陌琴等人打量她，安娘子算得上清秀，可稱不上是美人，應該只是普通朋友。

畢竟能跟柳如風真正扯上關係的女子，都是一等一的美人，例如伏鷹宮的紀楚楚、大商人烏笙的閨女烏蓉，以及玉女派門主卓青霜，都是江湖上出名的大美人。

隨著眾人嘻笑談話，侍者將珍饈美酒送上，安芷萱美眸又亮了。

這一路走來，除了逛書肆，她最愛的便是品嚐各色美食。

另一頭，柳如風一心二用，一邊與人攀談飲酒，一邊注意她那兒的情況，自然將她的一顰一笑收入眼中。

從頭到尾，她一眼都沒往他這兒瞧，倒是桌上的菜餚頻頻得了她的青睞。

柳如風勾了勾唇。

無妨，山不來就我，我來就山。

他倒了杯酒，向其他人打招呼後，便直接往角落那一桌走去。

安芷萱吃得正歡，突然對面的門派弟子們全站了起來，齊齊抱拳——

「拜見柳莊主。」

安芷萱嘴裡正咬著一口魚肉，還沒吞下去呢，差點被噎著。

柳如風忍著笑，平靜道：「敬諸位，大家隨意。」乾了酒，便很自然地坐在她身邊。

安芷萱瞪著他。這位兄臺，你占了別人的位子，叫人家坐哪兒？

被占了位子的人一點也不介意，反倒與有榮焉，立即往旁邊擠一擠。

論江湖地位，柳如風算是這些弟子的長輩，安芷萱掃了一眼，適才這些門派弟子們還在教她划酒拳，柳如風一來，立刻人人打直了背端坐，頗像第一次上學堂的學生，在夫子面前不敢造次，而人人臉上都是一副興奮景仰的神情。

安芷萱雖然知道柳如風是凌雲山莊的莊主，但直到此刻看見這些門派弟子們對他敬畏的態度，她才感受到柳如風好像真的挺出名的。

柳如風談吐風趣又言之有物，他一邊說話，一邊將酒杯往她面前一放。

「酒。」

「喔。」安芷萱沒有想太多，拿起酒壺，為他斟了七分滿。

柳如風一邊與眾位門派弟子飲酒，喝完了便把酒杯往她面前一擺，她就繼續幫他倒酒。

待聊得差不多了，柳如風起身前，轉頭對她笑道：「我去與巫山派長老說說話。」

她很自然地點頭，算是回應他。於她而言，他要跟誰說話是他的事。

待柳如風離開，她回頭，就見大夥兒目光幽幽地盯著她。

「怎麼了？」她納悶。

陌琴打趣道：「柳莊主對妳真好。」

這一點，安芷萱非常同意，帶她來看藏書閣，又給她講了很多典故，確實是個好人。

大夥兒移開目光，吃飯的吃飯，喝酒的喝酒，心裡卻在想——

只是朋友？柳莊主可不會隨便叫女人幫他斟酒，離開時還交代他的去處，分明就是關係匪淺啊！

另一頭，自從柳如風主動坐到安芷萱身旁時，陸雅兒就沈下了臉。

「那女人真討厭，真不明白柳大哥為何對她那麼禮遇？」

禮遇？不，是親近。

紀楚楚垂下眼簾，盯著手中的水酒。

她心頭也是極不舒服的，只是沒有表現出來。

她看得很清楚，柳如風主動將酒杯放在那女人面前，讓那女人為他倒酒，這是一種允諾的親密。

除了身旁的侍女，柳如風從不主動讓其他女子為他斟酒。

紀楚楚雖然不相信柳如風會喜歡那樣的女子，但萬一是真的呢？

她緊了緊手中的酒杯，強壓下心中的不服。

她有她的驕傲，即便在師妹陸雅兒面前，她也不願意顯露一分情緒，於是她用更衣為藉口，離席出去走走。

烏家莊園占地廣闊，僕人、侍女也多，還有護院巡邏。紀楚楚只想避開人群，找個隱密的地方獨處。

她本想往竹林走，沒承想有人在那兒，她轉身要避開，卻聽見說話聲。

「曹哥，你會不會看錯了？」

「沒看錯，真是她，那張臉、那背影，我一眼就認出來了，是安娘子沒錯。她化成灰，我都認得。」

聽到「安娘子」三個字，紀楚楚怔住，悄悄轉了回來。

只見兩名男子一身護院打扮，藉著竹子的掩護，鬼鬼祟祟地在宴廳窗口，朝裡頭張望。

紀楚楚收斂氣息，運功於耳，仔細聆聽兩人竊竊私語。

「真是那寡婦？她怎會在此？」

「呵，爺正想她呢，沒想到她會在這裡，看來她跟爺有緣哩！」

這男人說的安娘子……難不成就是那個安娘子？

紀楚楚眯起眼。

若是，那可有趣了。

第二十二章

之前烏家商船到了碼頭後，船上護衛也跟著下了船，因為莊園需要人手，護衛頭兒收到大總管派人傳話，便帶著其他護院一起調過來當差。

「曹哥，不行啊，她是官府和錦衣衛在找的人，碰不得。」

「就是知道官府和錦衣衛在找她，才要通知她，也不知她怎麼就混進了烏府，若是被錦衣衛知道，怕不把這兒團團圍住？更何況這兒高手如雲，她一個婦人家，如何對付得了眾人？」

紀楚楚聽到這裡，勾起嘴角，轉身悄悄離去。

今日的宴會，安芷萱玩得很開心，不但認識了同齡的門派弟子，大家把酒言歡，沒有架子，她還享用了豐盛的食物。

酒香人香，食物更香。

安芷萱因為高興多喝了幾杯，臉蛋紅撲撲的，美眸也水潤潤的。

酒逢知己千杯少，陌琴還邀她有空去找她呢，安芷萱欣然答應，兩人相約再見之時，來個不醉不歸。

自從離開那男人後，她已經許久沒這樣笑過了。

世間雖大，但在看山看雲後，她總感覺到孤獨。風景雖美，卻撫慰不了心中某處空洞，總覺得好似缺少了什麼。

直到此刻她才明白，原來是缺少了可以分享之人。

今日結識了陌琴這些門派弟子，讓安芷萱找回了熱情，許是喝了酒，也或許是難得有緣，她心頭一熱，便將自己的收藏分享給眾人。

「這是解毒丹，是我送給大夥兒的見面禮。」

她學會了製作丹藥，便把花蔘熬成藥汁，凝固成丸，放在瓷瓶裡，如此便能賣給更多的藥鋪或郎中。

她記得當初端木離中毒，遍尋不著解毒之法，還是服了她的花蔘才解除毒性的，那種難度高的毒都可以解，更何況其他的毒？

聽到解毒丹，大夥兒眼睛都亮了。

江湖中人武功再高，難免也會受傷，自是常備些丹藥在身上。

不過安芷萱不敢托大，便道：「一般毒可解，若是稀有毒，就算不能全解，但起碼可以抑制毒性，暫時保命。」

解毒丹是江湖上最受歡迎的東西，各門各派都有自己獨門的解毒丹，用以保命，而安芷萱卻大方地拿出來送人。

得了安芷萱的解毒丹，他們也趕忙回禮，姑娘送自己貼心做的東西，男孩子則贈送書本和毛筆。

但是這些東西，根本比不上她送的解毒丹，安芷萱聽了，大方道：「才不呢，這些丹藥我還有很多，送禮貴在心意，我很高興。」

交換了見面禮後，眾人更熱絡了，交情又昇華了幾分。

此時，門外突然傳來騷動。

烏笙正與人推杯換盞，聽見門外騷動，擰眉不悅，朝身邊的管事使了個眼色。「去看看。」

管事領了命令，匆匆而去。

過了一會兒，管事快步回來，同時還帶了另一名管事，對烏笙耳語一番。

烏笙聽了一驚，放下酒盞，匆匆隨管事走了出去。

不一會兒，烏笙迎了一位貴客進來。

此人氣宇軒昂，凜凜英武，毋須烏笙特意昭告，在座的眾人便注意到此人的到來。

烏笙很高興地為眾人引見。

「諸位，這位是兵部尚書易飛大人。」

安芷萱差點沒把口中的水酒噴出來，她僵硬地轉頭，心頭陡跳。

在座諸位都是江湖人士，甚少與朝廷打交道，尚書大人突然蒞臨，眾人都十分不解。

烏笙請易飛在主位坐下後，才對眾人宣告。

「此次大人來此，是為了通緝畫像上的人犯。」

安芷萱低著頭，桌下的拳頭緊握，心亂如麻。

為了躲避他的追緝，她一路躲藏，本以為可以在此地暫時安居，卻因為他的出現，讓她美好的計劃又破滅了。

真是陰魂不散的傢伙，她真是受夠了，她倒要看看，他要怎麼抓住她！

在烏笙引見後，易飛看向眾人，緩緩開口。「易某此次帶了一百名兵馬、錦衣衛，以及大內密探。」

此話一出，眾人神色凝重，就不知這位易大人帶那麼多兵馬，要抓的人是誰？

雖說在座的人皆身懷武功，但是對上朝廷的兵力，亦是寡不敵眾，更何況還有錦衣衛和大內高手。

眾人神色都嚴肅起來。

一旁的柳如風不動聲色地打量易飛，對方以丹田之力發聲，聲音不大，卻能傳到每個角落，便知此人內力深厚，是個高手。

柳如風沈吟，忽然想到商船上的官兵，便朝安芷萱的位子看去。

「易某此次帶兵前來，是為了抓一個人。」

聽到這裡，安芷萱準備跑路了，今日這飯局算是玩完了。

「這次多虧諸位江湖豪傑相助，將北山雙淫繩之以法，皇上已知曉此事，會有重賞，不過狼魔依然逍遙法外，因此易某奉了皇命，帶人來抓狼魔。」

安芷萱驚訝地抬眼。

眾人恍然大悟，警戒之心瞬間褪去。

剷除江湖敗類是眾人的共識，不分朝廷或江湖。

在烏笙一番圓滑的斡旋下，眾人舉杯敬易飛，易飛亦向眾人舉杯，先乾為敬。

把話帶到後，易飛向烏笙點了點頭，便先行離去，從頭到尾都沒有往安芷萱的位子看一眼。

安芷萱目送他離去，心頭正驚疑不定時，有人悄悄遞了張紙條給她，人便走了。

安芷萱抬眼看向其他人，趁無人注意時，悄悄打開紙條。

西郊湖中島來見，否則立刻查封烏家莊園，捉拿所有人。

安芷萱瞬間黑了臉。

竟是用別人來要脅她？

她將紙條撕碎，心裡氣得不行，其實她大可不理，躲進仙屋就行了，可是想到今日她才認識的新朋友，又想到柳如風和沈越。

別人不仁，她不能不義，思及此，她站起身，悄悄出了廳堂。

此時此刻，有另一個人也黑了臉。

紀楚楚故意將安芷萱的消息放給官府，本以為這些人是來抓人的，好叫眾人知曉安芷萱是朝廷通緝之人。

不過錦衣衛和朝廷的人是來了，卻絲毫沒有抓那女人的意思，難道是消息沒送達？

她不甘心，發現安芷萱溜出去，行蹤有些鬼祟，便也跟了出去。

安芷萱本打算悄悄離去，卻被人叫住。

「安娘子。」

她頓住，一回頭就瞧見了柳如風。

他走上前，溫聲問：「安娘子要去哪兒？」

「我……出去走走。」

「安娘子可是怕官府的人？」

安芷萱驚訝地抬眼看他，就見柳如風笑道：「在商船上，我便知道官府的人在找妳。」

安芷萱咬了咬唇，也不想瞞他。

「我惹了官府的人，他們要抓我，我不想連累你們，只好先走了。」

柳如風擋住她的路，對她道：「安娘子若願意，我可以護住妳。」

安芷萱聽聞，先是驚訝，瞧見他盯著自己，目光誠懇，不禁讓她心頭一跳。

「你為何對我這麼好？」

柳如風勾起唇角。「我柳如風行事向來隨順心意，既然無法看著妳被抓去，便出手相護。」

安芷萱不自在地避開眼。「多謝你，我無事，只是想先避避風頭罷了。」

她沒告訴他的是，她若不去，她相信那傢伙不是開玩笑的，肯定會把烏家莊園查封，裡頭的人一個都走不了。

柳如風盯著她，突然勾起了唇，低聲道：「妳有辦法逃脫，對吧？」

安芷萱抬眼看他，想了想，輕輕點頭。「是。」

在商船上，那麼多人都找不到她，沈越說她消失得很快，柳如風猜想，她必然有她的門道，可以避開追緝。

「我明白了，妳好好照顧自己。」

安芷萱點頭，他太溫柔，令她有些不知所措。「多謝。」說完繞過他，急急走人。

柳如風目送她離去後，一轉身，朝竹林瞥了一眼，他假裝要走回去，一拐彎，立即隱身起來。

不一會兒，竹林走出一人。

紀楚楚捏緊拳頭，目光含恨。

在她將消息放出去後，果然引來了官府和錦衣衛，她就是要讓柳如風看看那女人是官府通緝之人，好讓他對那女人生出厭惡。

誰知道，他居然承諾要護著她。

那女人何德何能！

紀楚楚陰著臉，不知道自己這一面都被隱藏在暗處的柳如風看見了。

柳如風心中有了底，嘲諷地笑了笑，轉身走回宴廳。

易飛說的西郊湖中島便是烏家莊園旁邊的山中湖，湖中有一座浮島，浮島上有一棟二層樓閣。

易飛坐在樓閣裡，桌上放了一壺酒，他正自斟自飲。

忽然，一把刀子冰冷地抵在他的脖子上。

他放下酒杯，看向身後，就見安芷萱出現得無聲無息，一臉怒容。

易飛不閃也不躲，對她手中的刀子視而不見。

「妳終於來了。」

「哼！」安芷萱將他推倒，重重壓在地上，眼神如霜，聲音冰冷。

「姓易的，你什麼意思？別以為我對付不了你。」

「我想妳了。」

「我呸！」她將刀子抵得更深，威脅道：「姓易的，我跟你已經沒關係了，你愛娶誰就娶誰，我想跟誰就跟誰，這世上男人多得是，我隨便挑一個，都比你強！」

易飛聞言沈下臉。想到烏家莊園那些江湖門派弟子中，確實不乏年輕俊秀。

「妳如果敢紅杏出牆，我就死給妳看。」

「好啊！」

「我是說，妳碰誰，我就讓誰死。」

「……」這個王八蛋！

她冷笑。「你想殺誰就殺誰，關我什麼事？別以為這樣就可以威脅到我，我不在乎。」

他突然坐起，雙手抱住她，不在乎她手上的刀子在他脖子上壓出一道血痕。

她憤怒。「放開！」

「萱兒，別走。」

「我想走，你擋得了？」

「咻」一聲，她就在他面前消失無蹤。

易飛瞳孔驟縮。「萱兒！」他跳起身，衝了出去，卻瞧見她站在欄杆上。

他沈下臉。「萱兒，下來！」

湖水一片碧藍，山色倒映在水面上，相映成趣。站在欄杆上的她，衣裙和長髮隨風飄揚，好似隨時會掉下去。

這片湖水來自山上，十分冰冷，易飛不敢隨意上前，就怕她又消失，只得握緊拳頭，緊抿著唇，一雙眼一瞬也不瞬地盯著她。

安芷萱靜靜地望著他，突然揚起唇。

這微笑令易飛心中發毛，突生不好的預感。

安芷萱是故意引他過來的。

他以為以死相逼就能威脅她？

要讓他死心的唯一方法，就是她先死給他看。

她想通了，只有在他面前死了，他才不會再天涯海角地到處找她，她才能找回自己安靜的生活。

於是，她當著他的面，身子往後一倒，直接落入湖中。

「不！」易飛大吼。

當安芷萱落入湖水的那一刻，頓覺寒冷刺骨，她立即回到仙屋，雖然只泡了一下，但還是打了個冷顫。

她從仙屋的鏡子中瞧見易飛也跳進湖裡找她，她哼笑，想比她先死，還早得很呢，看誰狠！

她一邊看著鏡子，一邊用布巾擦拭頭髮，只不過擦著擦著，漸漸變了臉色。

他還在湖裡找，找不到就繼續往下潛，時間拖得越久，她看得越是心驚膽跳。

最終，他停止游動，彷彿力氣用盡，閉上眼，任由自己沈入湖底。

這個殺千刀的！安芷萱把布巾一甩，立即回到湖水裡，抱住他的身子，瞬間移轉到樓閣裡。

易飛倏地睜眼，雙臂緊抱住她不放。

好啊，他裝死！

咻一聲，她再度消失。

易飛怔怔地看著自己的雙手，適才還摟在懷裡的人兒就這麼憑空消失了，即便他用盡心思，緊迫盯人，也依然抓不住她。

他站起身，從牆上拔刀出鞘，亮晃晃的刀身，無比銳利。

他看著空氣，輕輕喚了一句。「萱兒。」

空氣中無人回應，但他有一個直覺，她正在某處看著他，這也是為何她能把時間掐得精準，在他溺死前將他救回來。

「萱兒，除了妳，我沒碰過其他女人，娶趙家女只是權宜之計，待時機成熟，我會休了她。」

空氣中依然無人回應，彷彿她已經離去。

易飛呵了一聲。「我說到做到，妳敢走，我就敢死。」二話不說，他拿刀往自己身上捅。

「篤」一聲，是刀尖入肉的聲音，下一刻，他拔刀，血也跟著噴湧而出。

「你個王八蛋！」安芷萱氣急敗壞地出現，奪走他的刀子。

易飛看著她，露出虛弱的笑。

他賭對了，她果然還是放不下他啊……

「我的妻子，只有妳一個……」

在他倒下去前，安芷萱急忙用雙手接住了他。

易飛好似又睡了很長一段時間，待他醒來時，身處在一間陌生的屋子裡。

他低下頭，解開衣服，發現腹部上沒有傷口，可是衣服上的破口仍在，那是用刀捅破的。

「萱兒。」

無人回應。

「我說過，如果妳不在，我就殺了我自己。」

空氣中依然無人回應。

身上的刀已經不見，於是他下了床，發現這是一間客棧。

他來到客棧屋頂，接著轉過身，閉上眼，讓身子往後倒，往下墜落。

就算有再高的武功，跳下去也一樣會死。

可他沒有摔得頭破血流，而是感覺到有人抱住他的身子，接著撞到什麼柔軟的東西，他睜開眼，發現自己已然回到客棧房間的床上，而身上正趴著她。

易飛伸手抱住她，將她摟得死緊。

她氣得大罵。「你他媽神經病找死！」

他知道機不可失，也不廢話，直接告訴她。「她是趙家庶女，我跟她談條件，讓她好好扮演尚書夫人，我便保她無事，以後我會安排她另嫁他人。」

「你以為我會相信？」

「我帶妳回京城見她，讓她自己告訴妳，我還可以找人驗身，證明她還是處子。」

說著立即就抓住她的手往門口走。

安芷萱掙脫不開，只得氣罵。「慢著！」

易飛停住腳步，回頭看她。

安芷萱卻不知道該對他說什麼才好，罵也不是，打也不是，他適才一席話，她說不相信，但天可憐見，她卻覺得他說的是真的。

「我不去。」

「不，妳必須去。」易飛比她還堅持，一副她不去就不罷休的樣子。

她氣極了，走也不是，不走也不是。

這男人比她更狠，他對自己真狠得下心，她在仙屋用鏡子看著他，當瞧他拔刀往自己身上捅時，她嚇壞了。

她趕忙將他帶到仙屋治療，待他傷口復原後，她鬆了口氣，隨即趕緊去客棧租了間房，把他丟在那兒，自己又跑回仙屋盯著他。

誰知這男人醒來後，竟然一心想死，從客棧屋頂上跳下去。

驚得她心臟緊縮，趕忙回來救他。

那一刻，她忘了恨、忘了怨、忘了疼，她只知道，他不能死，如果他死了，她會心碎。

她利用仙屋移轉已經到了爐火純青的境界，在他落地前，她抱著他，兩人移轉到仙屋，瞬間又移轉回客棧床上。

雖然只是瞬間，但易飛是何許人？他眼力過人，對她來說是瞬間，對他而言卻不是。

他瞧見了那一瞬而過的屋子。

那屋子跟一般屋子不一樣，它很明亮、很溫暖、很特別，雖然只是一瞬，足以讓他感覺到它的與眾不同，不像中原的屋子。

他仰躺著，直直盯著上方發怔。

安芷萱壓在他身上，心中一股怒火升起，正要起身罵人，但才一動作，猛然就被他的雙臂圈緊，將她按回結實的胸膛上。

「不能走。」他命令。

安芷萱氣極，她怎麼走？她一走，他就鬧得要死要活，先是捅自己一刀，再是跳樓，她有多少顆心臟可以讓他如此折騰！

都說女人才會尋死覓活，他倒好，全學了去！

他的冷傲呢？他的尊嚴呢？傳出去也不怕被人唾棄！她都沒有尋死覓活，他憑什麼！

想到此，她恨恨地打他、捏他，但他皮粗肉厚，無動於衷，任由她捏，任由她打，雙臂如鐵，緊箍著她。

手下是她柔軟的身軀、是她溫熱的身子，他有多久沒抱她了？

「妳別走，妳走了，我就不活了。」

「我是心軟沒錯，但你別想一直威脅我，若真氣狠了，我就真的不管你的死活了！」

「無妨，能撐多久是多久，妳就可憐我吧。」

她氣道：「我以前怎麼就沒發現你這麼厚顏無恥！」

「那是因為妳從不給我機會像夫妻一樣相處。」

夫妻！他不提，她還沒那麼氣，他一提，她氣炸了！

他有什麼資格提「夫妻」二字！

「姓易的！當初是你求娶我，哄騙我等你，將我放在鎮上，轉頭就去京城娶別的女人，全京城的人都知道你娶的是趙國公府的女兒，那女人才是你的妻，我算什麼？我不過是你落魄時的一夜風流罷了，你一朝得勢，要權位，要門當戶對，那是你的事！

「我不纏著你，我走還不行嗎？偏你什麼意思，派人到處抓我，不知道的人，還當我是朝廷欽犯呢！我都成全你了，你為什麼不放過我？我安芷萱欠你什麼了？要你這般恩將仇報，無情無義！

「我不管你有什麼原因，你已經娶妻了，還找我回來做什麼？享齊人之福？我警告你，我寧死也絕不跟人共侍一夫！」

說到後來，她已哽咽，拳頭不斷打他，眼眶裡的淚水再也忍不住往下掉。

離開他、決定忘記他，好好過自己的日子後，她便不再為他掉任何一滴眼淚。

這一路她走遍千山萬水，看似已經忘卻前塵，其實她只是將傷痛深深掩埋，不看不想，不再碰觸它。

偏偏他不肯，他就非要她看、她想，讓她痛。

她以為自己可以重新出發，認識新朋友，將回憶慢慢堆滿，直到把他這個人給掩沒。

可他就是有本事撕開她的傷口，不讓她忘記。

安芷萱趴在他的胸膛上，哭得像個孩子，淚水浸濕了他的衣襟。

他只是緊緊抱住她，任她哭鬧就是不放手。

易飛抿緊唇，他知道自己負了她，她可以對他報復任何事，唯獨離開，他不允許。

他為了達到目的，有一股執拗，他可以為了復仇，蟄伏多年，專注在他的目標上，不達目的誓不罷休。

對於安芷萱，亦是如此。

他已視她為妻，但他必須與世族聯姻，而此事勢必會讓她離開他，唯一綁住她的方法，便是讓她成為他的妻。

他承認，他對她用了計謀，她可以怨他、恨他，唯獨不可以離開他，所以他用性命來賭，只有這樣才能抓住她，否則以她的能力，他根本抓不到她。

安芷萱哭了很久，當初她有多難過，現在就有多傷心，把深埋在心底的不甘、難受，全部發洩出來。

易飛任由她哭，一隻手輕柔地撫著她的背，輕輕開口。

「萱兒，在這世間，我已沒有親人，只有復仇大業。直到遇上妳，我才有了點光明，因為我喜歡妳的單純、善良，與世無爭，還很俏皮，妳是唯一一個讓我願意打開心扉，給予承諾的人。」

懷中的女人哭聲漸歇，他知道她在聽。

「我並非一生冷情，我有家仇要報，唯有跟妳在一起，我才感覺到自己的血是溫熱的，才能暫時忘記那些仇恨，忘記刀光劍影，如果妳走了，會將我唯一的一點光明也帶走，所以妳離開，我才不想活，因為覺得日子沒意思了，妳明白嗎？」

懷裡的人兒已經停止哭泣，他捧起她的臉，見她淚眼汪汪地盯著他。

他緩緩側身，親吻她的髮、她的額，慢慢往下移。

猶如一頭溫柔的豹在慢慢舔舐，朝那張小嘴逼近，最後掠奪般地吻住。

她如驚弓之鳥，想推拒，但他不死不休，堅持不懈，一如攻城掠地，絕不放棄。

最後，他終究是如願以償了。

他弓起上身，將她困在下方。

她像隻小老虎將他的唇咬傷，可這樣的反抗並不能阻止他的前進，反而越戰越勇……

有時候，男女交歡是最好的良藥。

成親後，他們只有一次洞房夜，之後他便去了京城。

因此她的身子還像處子一般，未經徹底開發。

兩人皆是汗水淋漓，縱有天大的恨，也在這次的激情中盡情釋放。

安芷萱想推開他，但他紋絲不動，即便剛經歷一次久違的糾纏，他依然不肯放開她。

他直直盯著她，彷彿只消一眨眼，她就會消失。

「放手，我要去洗浴。」

適才太過激烈，她全身都是汗，但他依然不放手，只是盯著她。

安芷萱見他神情緊繃，彷彿怕她又消失了，不禁心軟，還有點鈍鈍的疼，輕聲道：

「放心吧，我暫時不走。」

因為她的話，她瞧見他眼中的異彩，面孔神采奕奕，還彎起了唇角。

她知道他不愛笑，可因為她的承諾，此刻他連眼睛都在笑。

第二十三章

在安芷萱面前，易飛就像一隻餓了許久的孤狼，一開動就停不了。

幾次溫存後，她雙腿連站都站不穩，整個人軟得像一朵被雷雨蹂躪的花，連揍他的力氣都沒有。

他抱著她去浴房，兩人泡在池子裡，他伸手幫她清洗，可她現在身子敏感得很，禁不起他的撩撥。

「不准再來，我沒力氣了。」

易飛眼裡帶笑，瞧了她一眼。「我知道，所以我幫妳洗。」

明明都說不要了，他洗著洗著，雙手又開始不規矩，她抗議地咬他。

「妳一咬，我又會想要了。」

「……」不用他說，她已經感覺到他那話兒正雄赳赳地抵著她呢。

兩人總算沐浴完，收拾妥當，他抱她回房，主動為她擦拭濕髮，端水遞茶，殷勤伺候。

最後，他拿出藥膏。

「這是什麼？」安芷萱疑惑。

「抹下面的，可以緩解疼痛。」

她幽幽地瞪他。「你出遠門還帶這個？」

他幽幽地看著她。「咱們第一次洞房花燭夜那天，這是妳自己準備的。」

她呆住，因為她完全忘了這回事，仔細一想，好像真的有點眼熟。

「我自己來。」她羞澀地把藥膏拿過來，把他趕出去，放下床帳，自己動手。

塗抹過後，那兒涼涼的，果然舒緩許多。

易飛趁她塗藥的空檔，去客棧要來一碗溫補的湯。

「趁熱喝。」

她瞇眼盯著他。「這該不會是迷藥吧？」

見她一臉防備，他放下碗，正色道：「如果妳真要走，迷藥也困不住妳，我不會笨到用這種方法惹怒妳，只會適得其反。」

哼，算他有自知之明！

她有解毒丹，也不怕他下迷藥，她之所以會問，還不是因為這男人之前表現得太偏激，為了留下她，連拿刀自捅這事都幹得出來，他還有什麼不敢的？

喝完湯，見他一直盯著自己，安芷萱忍不住問：「幹麼一直盯著我？」

「我怕眼睛一閉上，妳又離開了。」

她一聽，低下頭，想了想，又抬眼看他。

「你休了她，我就不走。」

易飛沈默。

她重重哼了一聲，一副「早知如此」的態度。

她撇開臉不看他，卻被他從身後摟進臂彎。

「我只是暫時留她，等時機成熟，我會與她和離。」

其實這些事他都說過了，她也明白他與那位趙家庶女談好條件，互為合作夥伴，這一切都是為了大業暫時做的權宜之計。

就是因為明白，她才允許他碰她，否則她哪會讓他得寸進尺了三次。只不過明白歸明白，但她心裡仍有氣，氣他瞞著她，他當初這麼做，可有顧慮到她的心情？可知這會傷透她的心？

不管他有什麼理由，他娶了趙家女是事實，傷了她的心更是事實。

「易飛，我不會允許自己的丈夫有別的女人，也不會跟其他女人共侍一夫。」

這件事必須說明白，沒得商量。

這回是她心軟，被他以死相逼，但不代表她會對此事妥協，只要他身邊還有其他女人，她就不會跟他在一起，不管他有沒有碰那個女人都一樣。

「我知道，妳給我時間，最多兩年，等朝局穩定，我就與她和離。」

「那麼等你和離了，我再回來。」

「不行。」

她瞪他，他目不避讓，堅持不妥協。

「是你先騙我的。」她氣道。

他沈默了一會兒，才緩緩開口。

「我本打算等局勢穩定下來再向妳求親，但事情有變，皇上當初為了奪權，問我願不願意與趙家聯姻，有趙國公相助，待皇上奪回大權，便扶我坐穩兵部尚書的位置，幫他守住兵權。我告訴皇上，妳若知曉我娶了別的女人，肯定氣得離開，所以皇上建議我，先讓妳成為我的女人，妳就算再氣，也生米煮成熟飯了。」

安芷萱呆愣，不敢相信搞了半天，這詭計還是端木離出的？當今皇上竟然算計她一個民女！虧他還大言不慚地說自己是他的恩人呢！

她不敢置信。「你們兩人居然聯合起來算計我？」

易飛一臉慶幸。「多虧我算計了妳，不然妳肯定不會回來找我算帳。」

「……」她到底該氣他負心，還是該高興他深情呢？

她酸溜溜地說：「那位趙家女是個美人呢，你就不心動？」

「她大姊比她更美，我本來要娶她大姊，發現妳負氣離開後，我就改娶她了，因為她喜歡的是女人，所以娶她是各取所需，以後和離也方便。至於美不美，要看我喜不喜歡，若不喜歡，再美也無用。」

「……」安芷萱驚得半天說不出話，本想質疑他，堵得他沒話說，到頭來卻是她啞口無言。

那個趙家女居然喜歡女人？

易飛的意思很明白，他必須完成朝廷大業，助端木離坐穩皇位，清除皇后餘黨，而那些餘黨中，也有他的仇人。

對於大業，他有他的堅持，而對她，他也一樣執著。

於他而言，完成大業與娶她為妻是兩回事，一點也不衝突。

況且他已經帶她在爹娘墓前磕過頭了，豈能容她說走就走？

這也是為何他派了那麼多人去找她，堅決不讓步也不放棄，他一旦認定某個人或某件事，便會堅持到底。

就像他一路護著端木離，殺出一條血路，對端木離不離不棄，直到他坐上那張皇椅。

對妻子，他亦是不離不棄。

「娶了妳，妳就是我唯一的女人，沒有分離，也沒有和離。」

安芷萱看著他幽幽熾人的目光，她該高興他的不離不棄，還是該生氣他的固執霸道？

捫心自問，她發現兩者皆有，既高興又生氣！

對於這事，兩人暫時是說開了，但想法還需要好好溝通，他有他的執拗，她也有她的不甘，各有各的心結，只能先把這事擱著。

她被他折騰了三次，累得一根指頭都不想動，雙目一閉，先睡飽再說。

安芷萱醒來時，天已經黑了。

易飛一直陪在她身邊。「醒了？」

「怎麼不點燈？」

「看妳睡得熟，不忍心吵妳。」

「難不成我睡著後，你就一直醒著？」

「我怕妳消失，要一直看著才安心。」

她聽了這話，又覺得莫名心疼。

她覺得既然兩人說開了，有些事得先約法三章。

「我若要出門，會告知你一聲，所以別再派人全城抓我，搞得我像朝廷欽犯似的。」

她說這話時，已不似先前的憤怒，口氣倒像小女人在撒嬌，令易飛彎起嘴角。

「行，我會把命令撤了，不管妳去哪兒，一定要告訴我一聲。」

「還有，你現在是有婦之夫，在沒和離前，不可以隨便碰我。你是男人，男人三妻四妾，別人會稱一聲風流，可我是女人，被別人瞧見，還以為我在勾引你呢。」先前是她自己一時心軟，才給他可乘之機。

易飛點頭。「好，在人前，我不碰妳。」至於人後，那就不在此限了。

安芷萱突然想到一事。

「你大老遠跑來，京城那位沒意見？」她說的是他的主子，端木離。

易飛抱著她，感覺到她身子放軟，完全依靠在他懷裡，他喜歡她這樣。

「我是奉命出城的。」

她頓住，轉頭疑惑地看他。

「皇上要穩住軍權，因此派我帶人去各地軍營視察，才能了解實際兵力到底如何。」

這就是他帶了一百名兵馬來的原因？

「好啊！皇上派你巡視軍營，你卻違反皇命，帶人來抓我？」

「那一百名兵馬的確是隨我巡營的，但錦衣衛和大內高手卻是我向皇上討來抓妳。」

所以說，抓狼魔是假，抓她才是真。

安芷萱沒好氣地說：「官爺可真會唬人！當著所有江湖人士面前說謊，臉不紅，氣不喘的！」

易飛低低地笑了。

「萱兒，我就只騙妳娶趙家女這件事，對此，我萬分後悔，我答應妳，從現在開始，所有事都不會再瞞妳，會先與妳商量，妳相信我好嗎？」

他低啞的聲音帶著小心翼翼，也帶著懇求。

安芷萱其實要得不多，就是他的真心實意，當他朝自己捅刀子時，其實她就已經原諒他了。

她伸手抱住他，依偎在他懷裡，輕輕嗯了一聲。

皇宮。

端木離在御書房看奏摺，外頭突然傳來東西摔碎的聲音。

他朝大太監看了一眼，大太監立即出去查看，看完進來後，結結巴巴地道：「皇上……」

「何事喧擾？」

「是一位宮女打破了碗，但她說……」

「別吞吞吐吐的，說。」

「她、她說之所以敢在御書房前把碗摔破，是因為這是皇上命令她摔的……」

端木離擰眉。「朕何時——」他頓住，臉色有些異樣，看著大太監不說話。

大太監一臉納悶地瞧著皇帝。「皇上？」

端木離突然站起身。「去看看。」

御書房外都有侍衛把守，能進御書房服侍的皆是經過挑選的宮女。

端木離走出御書房，遠遠就瞧見一名女子跪在地上，侍衛正拿刀壓在她的肩膀，直到太監唱名皇上駕到，眾人便叩首。

端木離來到女子面前，見女子一襲宮女裝束，但因為跪在地上，瞧不清面貌。

「把頭抬起來。」他命令。

宮女抬起臉，只見她相貌平凡，臉上毫無懼色，但一雙眼卻直直盯住他，眨了眨。

「大膽，豈可直視皇上龍顏！」

宮女輕哼。「看就看了，皇上都沒氣，死太監氣什麼？」

太監瞪大了眼。「妳——」

「呵……」

眾人突然安靜下來，因為皇上笑了。

如此藐視皇權，該被打板子，但皇上不但不怪罪，反倒笑了。

宮女見他笑了，卻沒叫她站起來，她不高興了，主動改跪為坐，就這麼坐在地上。這麼大膽無禮的行為令眾人驚愕，皇上卻是一點也不生氣，甚至開口。「地上涼，起來吧。」

「起不來，膝蓋疼呢。」說著賭氣地揉著膝蓋。

端木離搖搖頭，蹲下身。「來吧，朕抱妳。」

眾人更震驚了，還倒抽了口氣。

宮女笑了，伸手圈住他的頸子，端木離便一手圈著她的背，一手勾住她的雙腿，將她打橫抱起，無視眾人掉下巴，眼睜睜地看著皇上親自抱著那相貌平凡的宮女進了御書房。

御書房後方備有休憩的寢房，若皇上看奏摺累了，可以去小憩一番。負責侍奉的宮女瞧見皇上抱著一名宮女進來，不禁愣住了。

端木離目光冷然。「退下。」

宮女打了個激靈，匆忙福身退了出去。

端木離將人放在床上後，就去掀她的裙子，這名宮女也不阻擋，好整以暇地坐在床上，任由男人將自己的宮裙掀起，再將褲管慢慢捲起來。

膝蓋上只有一點紅印子，沒有破皮，也沒有傷口。

他伸手去撫摸那紅印，她立即呢喃。「疼哪……」嗓音嬌軟，恰似蹂躪時的嬌吟，撩撥人心。

端木離卻是一本正經，溫柔道：「朕幫妳塗抹御用傷藥就不疼了。」回頭傳喚。「來人，將昨日瞿國使節朝貢的南海珍珠粉拿過來。」

宮女再也忍不住噗哧一笑，端木離雖還是一本正經，但掌心卻是放在她腿上輕輕撫摸。

不一會兒，宮人將南海珍珠粉呈給大太監，大太監再命宮女呈上來，因此適才退下的宮女又捧著盒子，戰戰兢兢地走進來，跪呈給皇上。

端木離打開盒子就要伸手去沾粉，卻被一隻手及時拍掉。

「亂來，這是泡著喝的，不是抹的。」

跪在地上的宮女大驚，這大逆不道的行為，就不怕觸怒皇上？

端木離被拍了手背，卻是一點也不生氣，聽了她的話，這才恍悟。

「原來如此，那麼朕命人將這珍珠粉泡給妳喝？」

竟是討好眷寵的語氣？宮女驚訝得下巴都快掉了。

自皇上登基以來，對後宮女子一律按照宮規，該怎麼做就怎麼做，從不允許任何妃子恃寵而驕，更不會偏寵任何人，何時會對一個女子如此寵愛？還任她冒犯聖顏？

那位「恃寵而驕」的宮女想了想，點頭。「行，記得用溫水，效果最好了。」

端木離微笑，轉頭吩咐。「去拿一壺溫水來。」

宮女這才找回神智，慌忙應令而去，不一會兒，匆匆送來一壺溫水。

端木離還真的親自為她沖泡稀有的南海珍珠粉——各宮引頸期盼的珍珠粉，猜測著皇上會賜給哪位宮妃的珍珠粉，最後落到了沒有品級妃位、沒有容貌，只是個奴才的宮女肚子裡。

宮女咕嚕咕嚕地把珍珠粉喝下肚後，舔了舔唇，嫌棄道：「也不怎麼樣嘛，跟我的生肌玉骨粉相比，差得遠呢。」

「是嗎？朕嚐嚐。」端木離傾身向前，吻住她的唇，將她壓下去，害得她手一抖，碗就掉了下去，又摔碎了一個。

外頭的奴才聽到摔碗的聲音，又是一驚，大太監偷偷朝裡頭瞧了一眼，雖驚了下，不過他能坐上大太監的位置，養氣的功夫自然很有一套。

「沒事，皇上忙著，不可打擾，都退下。」

大太監盛公公把宮人和奴才都遣遠一點，親自守在門外，免得讓人擾了皇上的雅興。

盛公公心裡清楚，後宮即將出現第一位受寵的女人，這是要掀起風浪了啊……

端木離雖然相貌端方，平日溫文儒雅，但這個吻卻充滿了十足的霸氣。

女人被吻得喘不過氣，咬他抗議。

端木離這才放過她的唇，容她喘口氣，又看了看她的臉。

「嫻玉，把臉上的易容卸掉吧。」

被壓在他身下的宮女正是李嫻玉假扮的，端木離一見到她就認出來了。

李嫻玉沒好氣地瞪他一眼。「你是怎麼認出來的？」

「妳故意摔破碗，不就是要引我出去嗎？哪個宮女這麼大膽敢編謊話欺君？除了妳，沒有別人，這麼明顯的暗示，朕若聽不懂，就要被妳嫌棄了。」

李嫻玉咯咯地笑了，雙手摟住他的肩。

「不愧是當皇帝的人，果然聰明，我適才就在想，如果你認不出來，我就走啦。」

端木離也笑了。「犯了欺君之罪還想走？我這皇宮禁衛森嚴，豈是妳想來就來，想走就走的？」

他不提就算了，他一提，她還真有氣。

「哼，你存心加強守衛戒備，讓人不得接近，我就在想啊，你是不是防著我？所以我摔了碗，你若不來，行，我立刻走，以後絕不再來。」說著作勢要起身離開。

端木離將她壓得更緊，低聲說道：「妳這是惡人先告狀，朕剛登基，皇位還不穩呢，不但要和那些老臣鬥智，還得防刺客，妳這沒良心的，出去玩了這麼久，現在才來找朕，知不知道朕等得都心寒了？」

李嫻玉聽了，眼底多了抹心疼。

半年不見，他的臉確實瘦了，可見朝廷的煩心事把他折騰得夠嗆。

她心一軟，也不逗他了。

「行了，起來吧，我去洗洗。」伸手推了推他的胸膛。

端木離這才起身，領她去浴房。

平日他洗浴都有太監和宮女伺候，但他又把人遣退了，親自伺候她。

「喲，讓皇上親自動手，我怎麼敢呢？」

「以前逃難時我都是自己動手的，放心，沒生疏，伺候妳足夠了。」

李嫻玉哈哈笑，也不跟他客氣，完全不避開他，將自己臉上的易容緩緩卸下，逐漸露出真容。

她與端木離初識時，一直未以真面目示人，即便與他雲雨時，也從不露出真面目，直到此刻——

那張臉比先前年輕了約十歲，根本不是「婦人」，而是「少女」。精緻的五官，長長的睫毛，眼角微挑的鳳眼，櫻腮朱唇，不單是花容月貌，還十分嬌豔。

看人時，眼眸水潤，有些俏皮刁鑽。

端木離深深凝視她的容顏。

他一直知道她掩藏了真容，也猜想她必是個美人，只是沒想到她的真容比他想像的更美。

他嘆氣。「朕的後宮，沒有一個比得上妳。」

李嫻玉咯咯笑。「那是當然，如果被比下去了，我還給你看做啥？打自己臉啊。」

端木離搖頭失笑。「嫻玉，我看上的並非是妳的美貌。」

「我知道啊。」她伸手在他臉上摸了一把。「不過我看上你的俊容，若是你長得讓我不滿意，就算你是天皇老子，我也不稀罕。」

「……」被以貌取人的皇上，突然覺得自己跟青樓的男妓沒兩樣。

江湖女子，果然豪爽。

端木離笑了。「幸好，我這張臉得妳的眼緣。」

「當然不只臉啦，君子識人之才，亦是迷人之處，不管我扮成什麼樣子，你都能認出我，真是教人好奇，百思不解呢。」

「原來在嫻玉眼中，我乃才貌兼備之人。」

李嫻玉又噗哧一笑，輕打他。「我都把容貌給你瞧了，快說，你到底是怎麼認出我的？」

他挑眉。「怎麼，妳不打算自己找出答案？投降了？」

他知道，他最吸引她之處不在相貌，更不在地位。

他也明白她一直想知道答案，而他，一直用這點引誘著她。

李嫻玉被這問題弄得心癢許久，不管她怎麼猜、怎麼查，就是找不出真相，他到底為何每次都能認出她？真可恨！

「是啊，我投降了，你告訴我吧。」硬的不行，只好色誘了。

他眼神幽深。「既是降卒，得有降卒的樣子。」說著再次吻住她，這回沒再客氣，掠奪之意濃厚。

李嫻玉與他也不是第一回了，深知這男人看似如羊，做那檔事卻是一頭狼，凶狠霸道著呢。

罷了，這麼久未見，得先餵飽他，當然，也餵飽她自己。

第二十四章

陰暗的地牢裡，北山雙淫被關在此地。

他們作惡多端，如今落得武功被廢的下場，就連獄卒的牢頭見到他們，也能照三餐欺負他們。

明日午時，他們將被斬首示眾，今日的牢飯就是最後一餐。

「吃吧！」牢頭將盤子擱在牢房外，他們用手搆得到的地方。

盤子裡有菜、肉還有飯，肉上卻有蟲子在蠕動，分明是放了許久的飯菜。

若是其他犯人或許會噁心得大罵，這種已經腐壞的肉，只會讓人覺得噁心。

不過北山雙淫是誰？他們是江湖惡人，本身就不是普通人，居然伸手抓起蟲子，直接丟入口中，咀嚼起來。

「真好吃。」

牢頭看了差點沒吐出來，只覺得腹中一陣噁心，啐罵道：「果然不是正常人，難怪專門用紫河車練魔功，簡直是喪盡天良！」

此時，有人走進地牢。

牢頭正要大聲喝問是誰，瞧見那熟悉的飛魚服，立即收斂怒色，趕緊上前見禮。

「錦衣衛大人，不知兩人來此是……」牢頭才開口問了一半，便沒了聲音。

兩名錦衣衛，一人年歲稍長，另一名是年輕的百戶。

衛沐收回手，將捏碎喉骨的牢頭給推開，牢頭重重倒地，死時雙目圓瞪，分明死不瞑目。

年長的錦衣衛連看也不用，腳步未停，走到牢房前才停住腳，居高臨下地打量犯人。

北山雙淫瞧他們二話不說就殺了牢頭，咧開了邪笑。

「閣下假扮錦衣衛是來救咱們，還是殺咱們的？」

衛沐冷道：「這位是錦衣衛同知，衛大人。」

北山雙淫上下打量眼前的人，顯得有些失望。「原來真是錦衣衛哪，怎麼，不是明日才斬首，難道大人今日就要送咱們歸西？」

同知大人衛融也不廢話，直接道明來意。「老夫能將你們救出來。」

北山雙淫聽了，只當笑話。「咱們兄弟倆的武功已經被廢，救出去又如何，與其當個廢人，不如當個死人。」

「如果老夫有辦法讓你們恢復內力呢？」

北山雙淫聞言一愣，原本死寂的雙眼驀地暴出精芒。

「什麼辦法？」

衛融冷笑，掏出一個小瓷瓶。

「這是易筋洗髓丹，用此換你們的魔功秘笈。」

聽到易筋洗髓丹，兩人目光都激動了。

「你當真有易筋洗髓丹？」

易筋洗髓丹乃是可遇不可求的神丹，由鬼谷子的嫡傳徒弟木子賢公子煉製而成，一丹難求，甚至江湖上為了得到此丹，想把木子賢抓來囚禁，為自家門派煉丹。

衛融倒出一顆丹藥，將它剖成半顆，給予其中一人，然後將瓷瓶交給衛沐收著。

「吃了這半顆，就知道是否為真了。」

北山雙淫兩兄弟彼此看了一眼，心想對方若真要殺他們，根本不需多此一舉下毒，最後決定由弟弟先吃。

弟弟吃過後，不過幾息的工夫，立即感覺丹田有一股氣在運轉，他瞪著自己的雙手，十指動了動，最後收指成拳，驚喜道：「哥哥，我的手有力量了！」

原本廢了武功的他們，四肢無力，現在卻覺得有一股精氣從空寂的丹田裡冒出來。

「把魔功秘笈給我，這藥就是你們的了。」

兄弟倆原本沒了希望，此時看見一道曙光，哪可能會放過？

兄弟二人對看了一眼，哥哥轉過身，弟弟便從哥哥背上撕了一層假皮下來。

原來他們將魔功功法抄寫在假皮上，再貼在背上，與肌膚融為一體，撕下時，連同真皮一起扯下，哥哥的背上便一片鮮血淋漓，怵目驚心。

這假皮還有一層，魔功秘笈便藏在內裡這層。

弟弟將假皮遞給衛融。「這便是魔功秘笈。」

衛融接過，看了一眼後，對衛沐命令。「把瓷瓶給他們。」

「是，廠公。」衛沐將瓷瓶丟給他們。「服下後，記得打坐一個時辰。」

魔功秘笈到手，衛融二人便不再逗留，轉身便走。

北山雙淫趕緊將丹藥吞下，有了易筋洗髓丹，便能助他們再修行魔功，或許不會那麼快恢復，但只要恢復一成，在明日前，他們定能逃出去。

兄弟倆相視大笑，本以為這回死定了，哪知天不亡我，居然有這麼好的事！

弟弟對哥哥奸笑道：「那魔功秘笈分成兩份，他只拿了半份，另一半在我背上。」

哥哥也露出邪笑。「本是防他反悔拿了秘笈後不給咱們丹藥，沒想到他挺老實，那魔功秘笈只練上冊，不練下冊，便會走火入魔。」

兄弟二人嘿嘿笑，到了此時依然死性不改，能坑人就坑人。

他們卻不知，對方並非老實，而是變著法來坑他們兩兄弟。

弟弟猛然臉色一變，倒在地上，竟是七孔流血。

哥哥見了，臉色大變。

「老弟！」

「這是……毒藥……」

哥哥驚恐，但已經來不及，緊接著也臉色蒼白倒地，全身顫抖，同樣七孔流血。

衛融與衛沐出了地牢，便施展輕功離去，來到一處地方，有兩匹事先藏好的馬。

「廠公，早知他們貼在背上，也不必浪費那半顆易筋洗髓丹了。」想到那珍貴難求的丹藥，衛沐就一陣肉疼。

衛融笑道：「要得到易筋洗髓丹，便要找到木子賢，只可惜這人太會躲藏，到現在還沒有人能夠找出他的下落。」

「廠公，何不買通江湖高人懸賞找出他？」

「難就難在此處。木子賢這人除了精通醫術，還通曉易容，他從不以真面目示人，要找他如同大海撈針，而且到目前為止，無人見過他的真面目。」

衛融看著手上的假皮，露出冷笑。「有了這魔功秘笈，便能武功大增，沐兒，你好好跟著我，乾爹百年後，所有一切都傳給你。」

衛沐聞言，立即單膝跪地。「謝乾爹！」

他狀似欣喜，低下的臉卻是一片陰冷。

屁個乾爹！若不是他給自己服了毒，自己又豈會被迫跟著他？

必須想辦法拿到解藥才行！

衛融笑著將他扶起，兩人上了馬，疾馳而去。

隔日，來換班的獄卒發現守在門口的獄卒頸骨折斷，地牢的牢頭也倒臥在地，亦是一招斃命。

北山雙淫死在地牢裡，此事驚動了官府和柳如風等人，皆匆匆趕來。

盯著牢中兩具死屍，柳如風擰起眉頭。

沈越來到他身邊。「仇殺還是滅口？」

柳如風淡淡搖頭。「都不是。」

沈越正要問他如何確定，此時身為兵部尚書的易飛也已趕來。

易飛來到牢獄前，看著北山雙淫的屍體，同樣擰眉。

一旁的知府大人輕聲稟報。「大人，今早來便發現他們都死了，沒有活口，而北山雙淫估計是被人下毒了。」

誰會花費大把精力闖入地牢，就為了對今日將斬首的二人下毒？豈不是多此一舉？這麼做，必然是為了掩蓋什麼。

知府大人又道：「北山雙淫作惡多端，有可能是仇殺，而狼魔下落不明，說不定是被他滅口……」

易飛道：「都不是。」

柳如風和沈越同時看向他。

易飛冷然道：「兩人沒有掙扎，所以不是仇殺，也不是滅口，他們的死跟他們背上的傷口有關。」

經過一番嚴刑逼供，北山雙淫全身都有傷處，唯一後背的傷口不同，像是被撕下一層皮似的。

眾人一看，果然見到其中一人背上的傷口與其他處不同，頗為蹊蹺。

沈越恍悟。「原來如此。」

柳如風走過來，與易飛一同蹲下，看著他們的背打量。

沈越又問：「依大人看，他背上的傷是如何造成的？」

「假皮。」易、柳二人同時回答。

易飛和柳如風同時看向對方，又同時看向另一具屍身。

英雄所見略同，柳如風知道尚書大人在想什麼，他想的，必然跟自己一樣。

易飛拿出小刀，將弟弟的屍身翻過去，露出背，接著用小刀往背上一劃，果然撕下了一層假皮。

「大人好眼力。」柳如風笑道。

易飛淡道：「柳莊主也不遑多讓。」

沈越驚問。「這是什麼？」

柳如風看向易飛，易飛則看著他。「柳莊主是江湖人，熟知江湖事，還請賜教。」

柳如風想了想，道：「這假皮肯定藏了秘密，來人只得一份，不知還有另一份，可謂失策。大人若想查出是誰殺了兩人，這假皮是一個重大的線索。」

易飛點頭，表示認同。「下毒之人若不是與他們熟識，便是有辦法讓他們放下戒心。」

柳如風亦點頭，同樣認同。

兩人的話題就此打住，眾人出了牢房，剩下的便交給知府大人去處理。

牢房外，一群江湖人士正在四處查探，找尋任何遺留下來的線索。

此時伏鷹宮的紀楚楚和陸雅兒見他們出來，也跟了過來。

陸雅兒親密地喊道：「大師兄。」

沈越擰眉。「妳們怎麼來了？」

「怎麼不能來，出了這麼大的事，咱們當然要來幫忙查探。」

「妳們可查出什麼了？」

陸雅兒瞟了易飛一眼，邀功道：「咱們把這附近的人都問了一遍，還真查到了。」

果然，她話一出口，尚書大人就朝她看來。

柳如風本來看向別處，聽到此事，亦轉過頭來。「查到什麼？」

他問的是陸雅兒，但回答的卻是紀楚楚，嗓音輕輕柔柔地接過話。

「有個孩子昨日躲在附近，說瞧見了兩名穿著錦衣衛服飾的人。」

易飛眼中閃過精芒。「可知那兩名錦衣衛長什麼樣子？」

他生得高大冷硬，威儀懾人，陸雅兒見到他只覺得耳根微微發紅，不自覺收起平日刁鑽潑辣的一面，輕聲回答。

「那孩子說兩名錦衣衛一老一少，老的皮膚特別白，雖老，卻沒鬍子。」

「那孩子在哪兒？」

「我帶大人過去。」

陸雅兒腳步輕快，殷勤地領著尚書大人去找那孩子。

柳如風還在沈思，忽覺一道目光黏在自己身上，抬眼看向對方。

紀楚楚見他看來，臉紅著低下頭。

柳如風看似溫潤的目光透著一絲疏冷，他轉頭對沈越道：「我再去查查。」說完便走了。

紀楚楚的目光隨著他的背影而去，悄悄握緊了拳頭。

「大師兄，有件事……不知該不該跟你說？」

沈越問：「何事？」

紀楚楚狀似難以啟齒，然後才緩緩道：「那位安娘子，她似乎是朝廷通緝的對象……」

「喔，妳說這事啊，我和柳兄早就知道了。」

紀楚楚一愣。「你們早就知道了？」

沈越不以為意地說：「她與咱們都是搭烏篷的商船過來的，當時咱們就知道官兵在抓她了。」說完笑了笑。「這位安娘子可厲害了，官兵查了整艘船，都未見她的蹤影，連咱們都找不到呢。」

紀楚楚見少主一臉佩服，壓了壓怒火，故意提醒。「一個被朝廷通緝的女人，必是犯什麼重罪，與之相交，是否會危及咱們伏鷹宮的聲譽？」

沈越聽了，哈哈大笑。「放心吧，咱們伏鷹宮可是名門大派，又沒做什麼傷天害理的事，況且我只說朝廷要抓她，並沒說她犯了什麼重罪，我和柳兄都看得出來，她似乎與京城那兒有些淵源，只是她不說，咱們也不便問，況且柳兄是聰明人，他說安娘子是個有情有義之人，才會邀她一起抓捕北山雙淫。瞧，正因為她，咱們才會抓到北山雙淫這兩個武林禍害，所以柳兄確實有眼光。」

「柳兒有眼光」這句話，刺激了紀楚楚，她垂下眼，聲音微冷。「那女人是個寡婦，官兵又要抓她，就不知她丈夫是怎麼死的？」

言下之意，暗示此女剋夫。

這話令沈越擰起眉頭，正要開口教訓師妹不可妄言時，卻瞧見站在她身後不遠處的男人。

易飛不知何時過來的，一雙眸子透著冷芒。

紀楚楚也從大師兄的目光中察覺異樣，轉頭看向來人。

「尚書大人。」沈越抱拳。

易飛淡淡地瞧了紀楚楚一眼，令她心頭驚了下，感受到男人目光裡的寒意。

陸雅兒跟在易飛身後回來，走到紀楚楚身邊，抓著她的手臂，開心地說：「大師兄、師姐，易大人好厲害呢，向那孩子問過話後，問出更多的線索了。」

紀楚楚朝師妹笑了笑，再抬眼看那男人一眼後，只覺得這人冷漠得像一把銳利的刀，真不明白師妹怎麼會喜歡這種人？

易飛對沈越道：「可否借一步說話？」

沈越知道尚書大人有事相商，欣然同意，便與他一塊兒往旁邊走。

待他們離得夠遠，陸雅兒看向師姐，這才發現師姐臉色有些不對，似乎不太高興。

「師姐，怎麼了？」

紀楚楚正懊惱適才一時衝動，話說得太快，被旁人聽到，正想對師妹搖頭時，忽然目光閃了閃，悄悄對她道：「柳大哥和大師兄似乎都對那寡婦有好感呢，他們倆是好友，若是對同一個女人……傳出去不好聽，恐怕傷了和氣。」

陸雅兒瞪大眼。「大師兄？怎麼會？」說柳大哥看上那寡婦，她還可能相信，但是說大師兄也看上那寡婦，她是壓根兒不信的。

「不可能啊師姐，我仔細觀察過，柳大哥確實與那寡婦走得有點近，但是大師兄是咱們伏鷹宮的少主，又與九陽幫掌門的女兒訂了親，這件事他自己也知道的。」

「傻師妹，男人三妻四妾是常事，訂親歸訂親，妻子只能有一個，但妾可以有好多個呢。妳瞧那些江湖門主，哪一個不是妻妾成群，還有不少紅顏知己？」

陸雅兒聽了，咬了咬唇。

師姐說得對，想到自己打聽到的消息，聽說尚書大人當年成親時，本是要娶兩位平妻，一位是他發達之前跟著他的女人，另一位是皇上賜婚的世家女，自己若是跟著他，也只能做個妾……

陸雅兒心裡很不舒服，沒想到自己難得看上的男人已經有妻子了，心中生出不甘，便把這怨氣出在安芷萱身上。

「那個安娘子真不要臉，不好好守寡，卻到處勾搭男人，找機會一定要好好教訓她！」

紀楚楚眼中含笑，嘴上卻故意勸諫。「妳別生事，這也只是猜測，我就是擔心大師兄，怕他被一個女人迷昏了頭，害了他自己，也毀了伏鷹宮的聲譽。」

「放心吧，師姐，我曉得的。」

陸雅兒在心中計較著，一定要找機會教訓那個臭寡婦，因此沒瞧見紀楚楚眼中一閃而過的算計。

安芷萱去逛了幾間藥鋪，打算為易飛燉一些藥膳，弄些清熱退火的膳食，省得他夜晚不睡覺，淨是愛折騰人。

想到他，安芷萱心中甜甜的。

她答應他，不會再擅自離開了，而他也答應她，不會派人滿江湖地去抓她，建立對彼此的信任。

易飛白日忙於公務，她便乘機出來逛逛。

她想到，當時掌櫃瞧見她要買的是給男人補身的藥膳時，看她的目光有些異樣，安芷萱當下只覺得奇怪，出了藥鋪後才後知後覺地想到，她現在用的是寡婦身分，買的卻是給男人補身的藥材，難怪人家看她的眼光有異。

安芷萱想了想，突然覺得好笑，她原以為自己會很在意，卻發現不然，她比較在意的是易飛的身子。

雖然他身強體壯，但他白日忙碌，下了值又要與心腹和幕僚議事，晚上又吵著她要做那檔事……

長此下去，就算鐵打的身子也不能這樣操，所以她買了兩副藥材，一是清熱退火，二是補身子的。

她算盤打得好，不管是清熱退火還是補身子，對他好，她也受惠，面面俱到。

她心情好，還想去其他商鋪逛逛時，有人叫住了她。

「安娘子。」

她頓住，回頭看向來人。

陌琴等門派弟子認出了安芷萱的背影，高興地朝她走來，誰知見到她的臉時，腳步頓住，皆是一怔。

背影很像，但容貌不對。

「對不起，認錯人了。」陌琴不好意思地道歉，與其他弟子便要走。

「陌琴姑娘。」安芷萱忙叫住她。

陌琴頓住，又回頭看她。

安芷萱笑笑地對她說：「妳沒認錯，我是安娘子。」

陌琴驚訝地上下打量她，突然恍悟，不敢置信地指著她。「妳易容了？哪個才是妳的真面目？」

另一名弟子拍了她一記。「妳傻啊，當然是現在這個才是真面目。」

其他弟子也紛紛驚奇。「原來安娘子是個大美人呢！」

「咱們有眼不識泰山，安娘子深藏不露啊！」

眾人圍著安芷萱，對她的美貌嘖嘖稱奇。

「安娘子這麼做才聰明，行走江湖，懂得保護自己才是正理，免得遇到好色之徒。」

陌琴本就與安芷萱談得來，見到她的真容，更是歡喜，這世上誰不愛美人？

她親熱地勾住她的手臂，對她的真容好一番稱讚後，便怨起她。

「上回在烏家莊園，妳不打一聲招呼就走了，咱們正傷腦筋，不知去哪兒找妳呢，如今正巧遇上，實在太好了。」

安芷萱也很高興遇到他們，聞言不禁好奇。「找我有事？」

當然有事！眾人七嘴八舌地圍著她問——

「妳那解毒丹還有嗎？可不可以跟妳買？」

「價錢不是問題，只要妳肯賣。」

原來，這群弟子當日受了她的饋贈，把解毒丹帶在身上，本也不知效果如何，只是抱著寧可信其有的心態接下禮物。

這幾日，他們忙於查探狼魔的線索，循線追緝一名可疑的黑衣人時，大意之下，其中一名夥伴吸入對方撒來的毒粉，立即中毒倒地。

大夥兒為了救人，又忌憚對方的毒，便不敢再緊迫追人，陌琴想到安芷萱送的解毒丹，便立即拿出來餵他服下。

中毒的人臉色發白，大汗淋漓，沒想到將解毒丹吞下後，不一會兒便見效，恢復紅潤的臉色，人也站了起來。

直到此刻，眾人才驚覺安芷萱送的解毒丹是個好貨啊！這才急急地想找她。

安芷萱聽罷，心想那花蔘本就是稀世良藥，被她特意做成丹藥後，吸收迅速，加上那人中毒後沒有耽擱，立即服用，立刻見效也是理所當然的。

安芷萱很高興自己煉出的丹藥能救人，當下又豪氣地拍著胸口。

「不用買，我送給大家。」

「這怎麼行？不成不成。」大夥兒忙推拒，占人便宜非名門大派所為，萬萬不可。

「當然行，各位是為了行俠仗義，為百姓除惡才來此地的，我也想盡一份心力。雖然我沒有大家的好功夫，可我能煉出跌打損傷的丹藥，所謂出錢出力，各位出力，就當我出錢了。」

陌琴聽了也是豪情萬丈，朝她豎起大拇指。「說得好！妳這個朋友，我不但交定了，還要跟妳結義！」

其他人也紛紛承諾，若將來有需要，只要她開口，他們便記得這份情，一定仗義相助。

柳如風和沈越一行人經過時，瞧見的就是這些門派弟子圍著一個女人在街上說笑，大老遠就聽見他們說什麼「結義」和「仗義相助」之類的話。

其中一名弟子發現了柳如風，立即恭敬地抱拳見禮。

「柳莊主，沈大俠！」

其他人聽聞，也紛紛抱拳見禮，瞧見紀楚楚和陸雅兒兩位美人跟在其後，也朝她們打了聲招呼。

柳如風朝他們微笑回禮，目光一掃，當見到他們身後的女子時，怔了下。

陌琴知道他們沒有見過安芷萱的真面目，俏皮心起，勾住安芷萱的手臂，大聲道：

「你們猜猜，她是誰？」

安芷萱侷促地看了陌琴一眼，臉上有些尷尬和不好意思，她沒承想會遇上柳如風他們。

從前她在臉上塗藥汁，遮掩美貌，防輕薄之徒，也防易飛派來的人，現在她與易飛和好了，他也撤走了抓她的人，她不必再躲藏遮掩，遂露出了真容。

今日上街，也只是來採買些藥材，並沒想過會遇到熟人，直到陌琴他們找到她。

美人如玉，珍珠光澤般的肌膚，翦水般的美眸，一張精緻的瓜子臉，朱唇輕點，靈動逼人，三分嬌柔，三分明豔，還有四分的仙氣。

當場就把伏鷹宮大美人紀楚楚給比了下去。

柳如風黑眸幽深，唇角淺揚，走向她，低頭凝望。

「安娘子，在下有禮了。」

第二十五章

安芷萱撐著笑，她必須表現出落落大方的態度，不能讓人看出柳如風似乎對她過於關照。

他一眼就認出她，毫不遲疑，不像沈越還要打量半天，聽到柳如風說出答案，才露出驚豔的表情。

偏偏陌琴這人還大剌剌的驚訝問道：「柳莊主怎麼一眼就認出來了？」

柳如風只是微笑不語，更引人遐想。

陸雅兒也很驚訝，擔心地看向師姐。原來安娘子長得如此美麗，完全不輸給師姐，甚至……略勝一籌。

紀楚楚只是保持微笑，沒人看見她藏在衣袖裡的手指掐得泛白。

沈越一番驚豔過後，便用欣賞的眼光笑看美人。他是光明磊落之人，又心知好友對美人有意，當然不會奪人所愛。更何況他身為伏鷹宮少主，已經有了內定的妻子人選。

正當眾人在打趣和誇讚安芷萱的美貌時，沈越目光瞥向柳如風，用眼神打趣他——

好你個傢伙，眼光夠銳利！

當初在商船上，雖然他們見過錦衣衛拿的兩張畫像，一張膚白，另一張膚黑，看得出來長得不錯，但畫像哪能跟真人比？

眼前的安娘子比畫像美上百倍，俏生生地站在眼前，眼睛水汪汪的，皮膚透著粉嫩和瑩光。

人就是這麼奇怪，當你面對的只是個普通相貌的人時，說話語氣和態度都很隨意；一旦發現對方是難得一見的美人時，也連帶讓態度起了變化，說話語氣都帶了溫柔和討好。

沈越不是以貌取人的人，但是面對安娘子，他也會刻意放柔了說話的語氣，更何況是本就對她有意的柳如風。

「我早知安娘子有意藏拙，因此能夠認出。」他不再刻意隱藏話語裡的溫柔，看向她時的目光帶著濃濃的笑意。

其他人見狀，終於有人後知後覺地恍悟了。

打從一開始柳莊主就對安娘子十分禮遇，處處維護，原來柳莊主不只把她當友人，而是另眼看待，這其中含著不為人知的情意。

當寡婦安娘子相貌平凡時，沒有人認為她配得上柳如風，可貌美如仙的安娘子、能煉出解毒丹的安娘子，以及有一門縮尺為寸功夫的安娘子，不會有人說她配不上柳如風，甚至兩人現在站在一起，那風采和謫仙的氣度都十分相似，在旁人眼中，不禁生出「好一對神仙眷侶」的想法。

安芷萱只覺得尷尬和不自在，這麼多人，實在不好說白啊，畢竟柳如風並沒有表示要追求她的意思，她總不能說自己不喜歡他吧？

可是這氛圍又有些曖昧，她再遲鈍也終於察覺到柳如風對自己有意，其實不能怪她太慢發覺，因為柳如風對誰都是謙謙君子，溫文爾雅，況且她也壓根兒不認為他會瞧上自己。

她正想找個理由溜走時，一輛馬車忽然停在一旁，引來眾人的注意。

馬車寬大而貴氣，上頭掛著官牌，由此可知這是官家的馬車。

車門打開，裡頭的尚書大人一身官服，顯得威嚴而莊重，一張本就冷漠威武的面孔，配上一雙精明內斂的黑眸，朝他們看來。

眾人見狀，都收起了嘻笑。

他們是江湖人士，不會因為見到官爺就行跪拜禮，但也會適當地表示敬重。

不知尚書大人突然停下馬車，是否有事交代？

眾人安靜等著。

易飛的目光越過眾人，精準地落在妻子臉上。

他表情冷肅，因為大老遠地就瞧見一群男人盯著他的妻子，這其中包括柳如風。

易飛是男人，最懂男人的眼色。

姓柳的，在打他妻子的主意。

車門還開著，眾人還等著，兩方之間安靜的時間越長，氣氛就越詭異。

易飛終於開口，冷冷命令。「上車。」

他叫誰上車？

眾人你看我、我看你，都一臉莫名，而躲在人群裡的安芷萱則是趁人不注意時，用眼神瞪他。

說好了在外人面前要避嫌的，他怎麼當著眾人的面叫她上馬車？她才不要！

易飛臉色越來越陰沈，詭異的氣氛也越來越凝重，正當眾人狐疑時，有人忸忸怩怩地走出來。

「大人，我還是黃花大閨女呢，孤男寡女的，實在不適合共乘一輛馬車，會被說閒話的……」

陸雅兒紅著臉，低著頭，十指絞在一起。

她都還沒想好到底是做他的妾好呢，還是當他的紅顏知己好呢？他就突然這麼直接，讓她羞澀極了。

眾人驚愕，安芷萱更是瞪圓了眼，幽幽地看向易飛。

尚書大人額角抽了抽，關上車門，冷聲喝令車伕——

「走！」

眾人看著馬車離去，再驚異地看向陸雅兒。

這兩人什麼時候對上眼了？

陌琴悄聲對安芷萱道：「真沒想到，原來陸雅兒喜歡尚書大人哪。」

安芷萱笑容泛冷。「我也沒想到。」

尚書大人和陸雅兒之間的八卦就這麼在眾人間傳開了，陌琴提議去酒樓，其他人附和，柳如風說他請客，眾人歡呼，安芷萱便被陌琴等一干弟子圍著走，一起去酒樓共飲。

皇宮。

聽說皇上在御書房寵幸一位貌似無鹽的宮女，這事讓後宮女人都炸鍋了。

自登基以來，皇上為了平衡政權勢力，廣納後宮，並按照順序翻牌子，今日輪到誰，他就去誰的院子裡，不管是什麼品級，一律公平對待。

雖然各家勢力為了公平，派出自家最優秀的美人去爭寵，但皇上似乎油鹽不進，不會因為美人背後龐大的家族勢力就多去幾回。

端木離這人，把後宮女人全部按順序排列，一視同仁。

他表示得很明白，敢爭寵就要有本事迷住他，但若是敢用手段，例如春藥，那就等著被打入冷宮。

因此原本要大展身手的各宮美人只能歇了這份心思，待在後宮百無聊賴地打扮自己，等著君王寵幸，懷上龍胎。

如今，一個女人打破了這個平衡，而這女人還是個宮女，她用的手段僅是打破碗，就被皇上親自抱進了御書房。

御書房哪！

那是後宮眾女的禁地，是皇上不喜女人踏入的地方，卻叫一個沒背景、沒勢力的普通宮女給攻陷了！

這件事很快在大臣間傳開了，因此上朝時，有臣子向皇上諫言那宮女破壞了宮規。

皇上卻說：「朕已經罰她，命人趕出宮了。」

「……」大臣準備了一肚子的說詞，卻被皇上一句話輕巧帶過。

皇上都說趕出宮去了，他們做臣子的能說皇上睜著眼睛說瞎話嗎？臣子只好憋了一肚子的話，灰溜溜地退了回去。

下朝後，宰相柴子通去御書房見皇上。

他一進去，就見一名宮女坐在端木離腿上，手裡拿著一碗羹，親密地餵端木離一口一口地吃。

原來傳聞是真的，皇上真的寵愛一名宮女，而這宮女現在就在御書房內，見他進來都不迴避。

柴子通認識的人之中，能夠如此不避諱又膽大到如此程度的，也只有那個女人了。

「李大夫，久違了，別來無恙。」柴子通不驚不乍，含笑見禮。

端木離笑咪咪的，李嫻玉則是切了一聲。

「唉，真無趣，想嚇人都嚇不成。」

柴子通對李嫻玉是敬重的，因為李嫻玉也是跟著大家一起出生入死的夥伴。事成後，她卻不要求榮華富貴或功名利祿，而是維持江湖人一貫的瀟灑，因此柴子通在她面前不會擺什麼官威，反而以好友待之。

李嫻玉站起身，朝他福了福身，以示回禮。「宰相大人似乎清減了。」

柴子通確實是瘦了，為了輔助皇上穩住朝政，對付那些老臣，他十分忙碌。

「李大夫倒是沒變，依然精氣有神。」

李嫻玉猜他前來必是有要事商議，便要退下。「你們講正事吧，我去外頭。」

端木離卻拉住她。「不必，我們要講的事，妳也可以聽。」

李嫻玉有些意外。

歷朝以來，女子不干政，所以男人議事，都會避著女人。

不過嘛……既然他不介意，她也就不避諱了，改而坐到一旁，為他斟茶。

端木離吩咐太監給宰相賜座，端上茶。

這兩人還真的不避諱她，談起了正事。

不過聽著聽著，李嫻玉終於知道為何端木離叫她留下來了，因為柴子通帶來的消息是關於易飛和安芷萱的。

易飛奉命去東江一帶巡視兵營，為皇上觀察實際的兵力到底有多少。

當年皇后趁先帝病重，與外戚聯合把持政權，在各地安插自己的人手。為了將皇后餘黨徹底剷除，穩住兵權，他們費了不少力。

李嫻玉聽著，其間還為兩人換了一次熱茶，直到柴子通說北山雙淫死於毒殺一事，李嫻玉的動作頓了下。

「易大人的密信上說，北山雙淫的死有可能是逃走的衛融所為，至於跟著他的人，應是他的乾兒子衛沐。」

李嫻玉勾了勾唇角，繼續為兩人換上熱茶。

突然，柴子通想到一件怪事。「對了，皇上，易大人在信中還提到一事，不過這事與朝廷無關。」

「哦？說來聽聽。」

「他們找人化驗北山雙淫所中的毒時，驗出了一味藥，經查證，此藥似乎是易筋洗髓丹。」

李嫻玉動作一頓，眸光閃爍，接著似無事地坐在一旁，為自己斟了杯茶。

端木離撫了撫下巴，才道：「這易筋洗髓丹……聽起來似乎是無價之物。」

「皇上聖明，易筋洗髓丹乃習武之人的寶物，在江湖上被視為神丹，乃是木子賢所煉製。」

「哦？這人很有名？」

「木子賢是江湖奇人，據說他煉製出的易筋洗髓丹能重整練武之人的經脈，令受損的經脈再生，一顆萬金難求。易大人還說，江湖上盛傳，為了易筋洗髓丹，木子賢被魔教之人追捕，據說想將他囚禁起來，為自家門派煉丹。」

端木離聞言點頭。「懷璧其罪，可以理解，不過說這丹藥能讓人經脈再生，恐怕言過其實，朕不信。」

李嫻玉幽幽地瞧了他一眼。

「江湖謠言總是誇大其辭，若是那易筋洗髓丹能讓經脈再生，豈不是可以用來讓腐肉再生？除非朕親眼看到，否則只當是那木子賢為了沽名釣譽而放出的妄言罷了。」

李嫻玉微微瞇細了眼。

兩個男人又商議了一會兒，柴子通便起身告退。

待人走後，端木離伸手一攬，將李嫻玉摟回懷裡。

「易飛總算將安丫頭追回來了，當初他向朕要人手時，朕還猶豫呢，不是朕不給他，而是讓人知道朕把錦衣衛和大內高手派給他，只為了追回一個女人，朕怕大臣遞摺子罵他哪，只好以巡營為名，才能堵住一干人的嘴。」

李嫺玉坐在他腿上，雙手圈上他的頸子，愛嬌含嗔地說：「女人呀，一顆心分兩半，一半狠，一半軟，就看男人懂不懂呵護她們心軟的那一半。」

端木離笑道：「朕要全部，不管是哪一半，只要是妳，朕都呵護。」

她瞋媚了他一眼，食指點上他的嘴。「就你嘴甜。」哼，要不是看在你對老娘好，不然你說老娘沽名釣譽，老娘就讓你拉一天的肚子！

「說來許久沒見到安丫頭了，我挺想她呢。」

「妳若想她，我捎一封密旨讓易飛帶她進宮，讓妳瞧瞧。」

這話說得貼心，但李嫺玉卻聽出了言外之意。

他怕她離開皇宮去找安丫頭。

他是皇上，有太多奏摺要看、太多政事要處理，不可能說走就走。

他已是九五之尊，天下是他的，可是對她，他依然願意軟聲軟語地求著。

李嫺玉喜歡端木離，其中一個主要原因是——端木離不會用皇權壓她，也從不強迫她，他對她的態度一如當初，總是好言相哄，懂得示弱。

李嫻玉不怕硬的，就吃軟的這一套。

「我只是說說罷了，人家小倆口好著呢，你就別折騰他們了。」她主動送上香唇，輕吮他的嘴。

他立即收緊雙臂，與她唇舌相濡。

柴子通離開御書房後，走到一半，就見喬桑與程崑正雙雙結伴而來。

他們也瞧見了柴子通。

大家都是老熟人了，喬桑大步走來，與柴子通勾肩搭背，熱絡地招呼。

「陛下也傳你來了？」

「你們也是？」

皇上將他們三人都召來，必有要事，喬桑便先行打聽。「皇上為了何事，在下朝後同時召見咱們三人？」

柴子通卻是笑得一臉神秘。「你們自個兒去問問不就知道了？」

此時柴子通突然明白了皇上的用意，他們這些人與李嫻玉是舊識，又一起出生入死過，交情自是不同，皇上召他們來，名為敘舊，其實是想讓李嫻玉念舊……

喬桑從柴子通口中套不到話，心裡更好奇了。

程崑道：「俺瞧宰相大人的笑容便知是好事，走，咱們進去！」

他們兩人便往御書房走，在書房外求見，太監通報後，得了允才進去。

一進屋，兩人就愣住了，都忘了要向皇上行禮。

一名宮女正坐在皇上大腿上，與他言笑晏晏，見他們進來了，她也沒站起來，而是好整以暇地笑看他們。

喬桑和程崑先是愣怔，接著同時恍悟了什麼，程崑甚至一拍大腿，明白柴子通為何叫他們自己來看了。

這世間，只有一個女人敢這麼放肆地對待端木離，那人就是——

「李大夫，別來無恙啊——」

安芷萱隨陌琴等人去了酒樓，酒樓掌櫃一聽到柳如風的大名，親自前來招呼。

柳如風包下酒樓後頭整座院子，與前頭熱鬧的大堂隔開，顯得十分幽靜。

大夥兒推杯換盞，談天說地下，又顯得十分熱鬧。

依先前所言，安芷萱拿出解毒丹贈給眾人。

那位被解毒丹所救的人是崇山派弟子，立即將當日自己中毒、服了安娘子的解毒丹後，又是如何恢復的情況說予眾人聽。

眾人聽了，簡直要讚一聲神乎其技。有人親證絕對比本人解說強，一時之間都對解毒丹視若珍寶，更對安芷萱刮目相看。

人美，有俠義心腸，又有煉丹術，是江湖兒女最想結交的朋友。

安芷萱謙讓一番，只說這解毒丹之所以有效，乃是因為花蔘的功勞，並非她的煉丹術有多麼精妙。

她有自知之明，不敢托大。當初李嫻玉教她識別藥材以及製作藥丸時，便諄諄告誡過，江湖險惡，懷璧其罪，莫讓利益熏心，切勿沽名釣譽。

她如此謙虛，更讓眾人對她生出好感。

陸雅兒有心為師姐出頭，故意道了一句。

「奇怪，如安娘子這般美人，能煉丹藥，又能縮地為寸，行蹤飄忽，我大師兄輕功高強，連他都不能跟上妳的腳步，如此異能，怎麼會在江湖上默默無名呢？」

此話一出，眾人頓覺有理。

陸雅兒說這話時，擺出的是納悶的表情，因此其他人只當她是真的疑惑，而不會認為她在故意刁難。

只有柳如風聽出陸雅兒有心刁難，而她刁難的原因，自是為了紀楚楚。

不待安芷萱回答，柳如風已經開口。

「這世上有許多隱世能人不喜摻和江湖事，亦不求江湖盛名，這是可以理解的。」

再笨的人也能聽得出，柳莊主這是為安娘子說話。既然是隱世，自有她的原因，其他人若要打破砂鍋問到底，便是不給他面子了。

陸雅兒臉一陣紅，一陣白，她雖然性子刁鑽，但在柳如風面前也不敢造次。

陌琴悄悄用手肘推推安芷萱，朝她使眼色。柳莊主護著她呢，這份愛慕之意多明顯呀！

安芷萱心中警鈴大作，繼續裝傻，因此她假裝道：「陸姑娘，其實我也不是默默無名，妳去問問，我黑寡婦安娘子的名頭最近可出名呢，不然你們也不會聽說過我呀，是不是？」

此話一出，眾人失笑，驅散了嚴肅的氣氛，也化解了陸雅兒的尷尬。大夥兒輕鬆下來，紛紛舉杯敬她。

陸雅兒咬了咬唇，她沒想到安芷萱會給她面子，為她解開尷尬，一時心情有些複雜。

柳如風也失笑，並露出無奈，看她的眼神裡帶了一絲寵溺。

安芷萱只想快點閃人，因此酒足飯飽後便以製藥為由向眾人告辭，回到易飛的住處。

易飛暫居之處是知府大人為他提供的三進院子，他白日去兵營、衛所，或是帶人去查案，晚上便回到住處。

安芷萱跟了他，便也住在此處。

她用仙屋移轉，悄悄回到屋子，本以為他睡了，結果一進屋，那油燈就點亮了。

他一個人坐在那兒，大晚上的，目光幽幽地盯著她，把她看得小鹿亂撞，隨即她想到陸雅兒，又哼了一聲。

她才轉身要走，男人便從後頭摟住她，速度之快，若非她有仙屋護著，不然遇到他，她肯定逃不了。

「這麼晚才回來？」男人嗓音低啞，帶著冷意的霸道。

「放手，我要去沐浴。」

他不放，質問她。「柳如風喜歡妳？」語氣很危險。

她才不怕呢，反問他。「陸雅兒喜歡你？」

易飛沈默了一會兒，終於嘆了口氣，把臉埋在她頸間，低聲開口。

「萱兒，我不是個懂情趣的男人，不會甜言蜜語，也不懂風花雪月，但我若認定了誰，就是娶來做老婆，一起過一輩子。我唯一對不起妳的一件事，就是瞞著妳與趙家聯姻。

「妳可以打我、罵我、恨我，唯獨不可以切斷妳我的姻緣，我們在爹娘墓碑前叩拜過，我親口對爹娘承諾娶妳為妻，妳就是易家的媳婦。

「除非我死，妳才可以改嫁，否則只要我活著一天，妳就是我唯一的妻子、是易家的媳婦，就算天皇老子來了也不能改變這件事。」

安芷萱本打算逗他的，沒想到他卻對她剖白這些話。

他從來就不是話多的人，而今晚卻是他說最多的一次。

赤裸裸地坦白自己的心意，句句真心。

不會甜言蜜語？對她來說，這比甜言蜜語還要甜呢！

安芷萱轉過身，伸出雙臂主動攀上他的肩，將他的臉拉近，送上芳唇。

吻他，這就是她的回答。

易飛立即加深這個吻。

他的行動向來與他的沈默成反比，越是沈默的男人，行動就越積極。

他的速度快狠準，一下子就扒光兩人的褻衣，讓兩人之間再無距離。

沒多久，床帳裡傳來女子嬌柔的呻吟，再過一會兒，隨著床帳的搖動，呻吟轉成了低泣。

他的擔心根本是多餘的，她只愛他啊。

此時已是亥時，她心疼他為了等她，不肯就寢，本以為他應該沒多少精力，大不了就一次。

可惜她太低估易飛的實力，有些男人給他一點精神鼓勵，他就會給妳全世界，況且某人因為妻子負氣離家，其間也不碰其他女人，存了太久的糧，不是一次、兩次就能發洩完。

這一夜，男人就換了三次水來洗浴，只換三次是因為再不適可而止，某人又要威脅說出離家出走的話了。

隔日大清早，天微微亮，易飛穿上官服，喝了粥，打理妥當，整個人神采奕奕，好似鍍了一層金光，彷彿他昨晚一整夜不是在幹活，而是在吸收日月精華。

相較於他的容光煥發，安芷萱則是癱在床上，一雙黑眼圈表明她的精盡力竭，被他壓榨得只剩一口氣。

她瞋他一眼。

易飛笑著彎身，對她輕聲細語。「夫人好好休息，為夫去幹活了，皇上贈我百年人參，我叫廚子燉了給妳補補身子。」

這笑容真刺眼！她沒好氣地罵道：「快滾，我要睡覺。」

「好好，不吵妳了，別氣，等我回來任妳罰。」

易飛在她臉上親了一記，才笑咪咪地離開，那腳步沈穩有力，輕快得彷彿要飛上天了。

到了門外，傳來他威嚴的命令。

「守好夫人，不准怠慢。」

「是，大人。」

安芷萱聽著腳步聲遠去，慵懶地閉上眼，唇角也彎起了愉悅的弧度。

哼，百年人參還不如她仙境內的仙果呢，那才是補氣聖品！

第二十六章

安芷萱收到一封李嫻玉寫給她的書信。

據易飛說是夾在皇上給他的密信裡，一起用快馬送來的。

她打開信，隨信還附了一張藥單。

萱兒吾妹，身在江湖，也要勤習藥草，此丹藥煉製之法為汝姊所創，藥效為生肌、引氣、修復、療傷，習武之人服用可增強體魄，無功夫之人服用可延年益壽，男人可養精，女人可養元，實為行走江湖之必備良藥，今以此藥單贈予吾妹，作為你二人成婚之禮，此丹藥煉成，萱兒可自行命名之。

安芷萱看完信，便將藥單收好，十分愉悅。

她將此事告知易飛，他向來神情淡然，但是聽到「成婚之禮」四個字時，嘴角有了笑容。

「李大夫不是別人，她是一同出生入死的夥伴，亦待妳如姊妹，妳好好挑個禮物回贈她，銀子不用省，儘量花，我的就是妳的。」

最後一句話說得認真而霸氣，彷彿在表明心跡，她是他的妻，他的一切都是她的。

安芷萱笑道：「我曉得。」

自從他發現有人打她的主意後，他言語之間總會有意無意地強調她是他的。

安芷萱送走易飛後，用過早飯，便出門了。

她要去買送給李大夫的禮物。

李大夫跟著皇上，肯定不缺珠寶首飾，也不缺綾羅綢緞，所以禮物不必貴重，而是要稀奇有趣。

她來到市集大街，一邊逛，一邊想，沿著攤子走走看看，順道買了小吃。

攤販雜貨多，都是便宜貨，她不一定要買，就是找找靈感罷了。

「夫人，買把扇子吧。」

這聲音、這句話……挺熟悉的。

安芷萱朝聲音看去，貨攤上賣的是字畫和扇畫，貨郎是一位書生打扮的男子，相貌斯文秀氣，而他手上拿了一把團扇，上頭畫了鮮豔的桃花，確實漂亮。

「……」安芷萱想起來了，曾有一位書生貨郎也是這麼向她推薦的，而她當時跟對方買下全部的字畫。

但是，貨郎的相貌不一樣。

對方瞧見她的容貌，顯然驚豔了一把。

「夫人姿容如仙，買把扇子吧。」

「一把多少錢？」

「二文錢。」

價格一樣。

安芷萱故意欣賞了一會兒，讚道：「畫得可真漂亮呢。」

書生貨郎憨厚地笑了。「多謝姑娘謬讚。」

聲調真的很像，回答的方式也很像，氣度溫和，笑起來靦覥……

她決定試試他。

「聽小哥說話，就覺得您是個讀書人呢。」

「實不相瞞，在下確實是讀書人，只是阮囊羞澀，為了籌措上京趕考的盤纏，因此才擺攤作畫來賣。」

理由一樣，上回也說要上京趕考。

「原來如此，小哥辛苦了。」安芷萱故作同情。「我買張字畫吧。」

書生眼眶一紅。「多謝姑娘。」

上回她全買了，他眼眶紅，這回她只買一幅字畫，他眼眶也紅，原來都是裝的，可惡！還錢！

「夫人不像本地人，可是外地來的？」

「是啊。」

書生目光一亮。「既然如此，那麼容我為夫人介紹，咱們這兒的靈山寺大有來頭，夫人一定要去瞧瞧，那兒風景可美了。」

「……」聽到這裡，安芷萱再不知道他是個騙子，她就是笨蛋！

他就是上回那位貨郎，而相貌不同，只有一個原因——易容。

他不認得她，因為她的相貌也跟上回不同，她洗去了臉上的藥汁。

安芷萱垂下眼，把所有的情緒都掩飾下來，狀似在考慮。

「靈山寺啊……也好，我去拜個佛，為我家相公求個平安符吧。」

「夫人放心，靈山寺的平安符最靈驗了，在下建議夫人搭馬車去，欣賞沿路風景。」

「這樣啊……那麼得租輛馬車才行。」

「夫人問對人了，您瞧路邊，那位車伕的馬車乾淨，車廂寬敞，價格公道，為人老實，夫人可以考慮看看。」

「既然如此，便有勞小哥幫我叫他過來可好？」

「沒問題，夫人請稍等，我這就去叫他過來。」

安芷萱微笑，心想這可是你自己撞上來的。上回抓北山雙淫，獨獨忽略了這條漏網之魚，這一回，這貨郎是為誰做事呢？

安芷萱上了馬車，關上車門，坐定後，便拿出瓷瓶，吞了一顆解毒丹。

這一回，她不是獵物，而是獵人，她倒要看看，獵物長什麼模樣？巢穴在哪兒？她是真的非常、非常期待呢。

半路上，他們果然又用迷香了。

安芷萱已經服了解毒丹，因此迷香對她完全無效，她只好佯裝昏迷，仔細聽外面的說話聲。

「這次的貨是個大美人呢。」

「真的？」

「你不知道，那膚色可白了，那長相簡直跟天仙似的。」

「那不是可惜了？這樣的美人拿去切了，多暴殄天物，不行，我要瞧瞧。」

安芷萱心驚，她現在是裝昏，但是若對方想對她動手動腳的話，她就不能裝暈了。

雖說以自己為餌，但她不會讓其他男人碰自己，因此若是對方動手，她只能前功盡棄了。

車門被打開，她感覺到有一道目光黏在她身上，接著她聽見了抽氣聲。

「美！果真美！」

安芷萱睜開眼，就瞧見車門前一名相貌猥瑣的漢子正色迷迷地盯著她。

見她醒來，漢子先是一怔，接著更興奮了。

「美人兒，別怕，妳乖乖的，爺會好好疼妳的。」

人還沒接近，她就聞到一股臭味了，當漢子試圖把手伸過來時，她雞皮疙瘩都起來了，急忙往車廂內避了避。

顯然她高估了自己，當餌不容易，本以為可以假裝上當，藉此查出幕後主使人，卻沒想到半路就遇上了急色鬼，竟想沾染她這個「貨物」。

她正考慮是不是更改計劃，把對方打暈捉回去，交給易飛去逼供，還是直接消失，偷偷跟蹤什麼的……

猥瑣漢子一腳正要跨進來，卻猛然被人拎起，直接丟出去。

安芷萱呆愣，接著聽到男人的咒罵聲。

「找死，誰給你這個膽，敢動老子的貨！」

怪了，這聲音怎麼也有點熟悉？

車門被打開，外頭的男人擋住了外頭的光線，在她身上投下陰影。

當兩人目光對上時，對方怔住了，她也一樣。

此人相貌俊美，一雙桃花眼，神情冷漠，不笑的時候，眼神有些凶。

她認得他，衛沐。

顯然，他的驚訝比她更甚，直直地盯著她。

安芷萱沒想到會在這種情況下見到他，這男人跟她表白過，但她逃了……

衛沐從吃驚到漸漸冷靜下來，他看她的眼神很複雜，似乎有怨、有恨，還有……驚喜？

「呵……」他露出了陰惻惻的邪笑。

「……」他這是高興還是怒極而笑？

衛沐見她瑟縮了下，睜著水汪汪的大眼睛，害怕地看著他，我見猶憐的……

他沈默以對，盯了她許久，最後沈下臉。「出來！」

安芷萱猶豫了下，決定先不逃，看情況再說。

她小心翼翼地動作，但是馬車下頭沒有放踩腳凳，因此她下車時，不小心趔趄了下，手臂傳來一股力量，衛沐握住了她的手臂，沒讓她跌倒。

「多謝。」她輕道。

衛沐冷冷瞪了她一眼，他沒放開，而是拖著她，她便踉踉蹌蹌地被他拉著走。

他將她丟向另一輛馬車。「上去！」

安芷萱默默地爬上車，車門關起來後，車廂內一片昏暗，只剩下微弱的光線從細縫透進來。

她從細縫看出去，就見被他摔在地上的猥瑣漢子正搓著手，一臉討好。

「這位爺，說好的十兩銀子呢？」

衛沐卻是猛然拔刀，往他脖子上一劃，漢子雙目圓瞪，連掙扎的工夫都沒有就倒地不起。

安芷萱摀住嘴，一陣心驚。

幸虧她跟著易飛出生入死過，膽子大了，才沒有叫出來。

只是現下她親眼見他殺人，不知下一刻會不會對付她？

她警惕著，只要他拿刀走過來，她就立即逃走。

馬車忽然動了，她再次從細縫看出去，顯然是他駕著馬車出發。

安芷萱心中猜疑不定，難不成衛沐就是幕後主使人？

馬車大約行駛了半個時辰後，終於停下，男人的腳步聲傳來，接著車門打開，衛沐冷冷盯著她。

「下來。」

安芷萱猶豫了下，心想他應該還不至於殺她，便又小心翼翼地下車。

這次她還沒踩到地，他就伸手抓住她的手臂，將她帶下來站好，然後又拉著她走。

他將她帶到一處山壁前，左右張望，似乎確定沒人瞧見後，便將山壁一塊大石移開，對她命令。

「進去。」

「不要。」安芷萱搖頭，一臉害怕。「我怕蛇。」

衛沐瞪著她，她也瞪著他。

雖然打算跟著他看看他們的巢穴在哪兒，但是叫她進山洞是怎麼回事？她還以為會把她關進廢棄的屋子裡呢。

山洞裡陰暗，也不知道裡頭有沒有蛇？她才不進去呢。

衛沐抿了抿唇，似是在忍耐，過了一會兒，才對她解釋。「放心，沒有蛇，裡頭暗了點，但是很安全，如果妳不想死，就先躲起來。」

不想死就躲起來？什麼意思？

他似是不耐煩，最後索性拉著她，硬把她逼進山洞裡，她跌坐在地上，眼睜睜地看著他把石頭移回來，擋住了洞門，光線也因此變暗，只剩門邊的縫，還透著陽光進來。

「待好，別出聲，我會送吃的來。」

衛沐丟下這句命令，人便離開了。

安芷萱側耳傾聽，男人腳步聲遠去，她立即移轉，人又出現在洞外了。

她矮下身子，躲在樹叢後面，好奇地跟著衛沐，保持著一定的距離。

衛沐回到馬車上，駕車朝另一條路走，大約行駛了一段路，便瞧見一間屋子。

她親眼瞧見衛沐下了馬車，走進屋子。

屋內，一個男人雙眼緊閉，正在盤腿打坐。

衛沭進來時，男人眼睛也沒睜開。

「乾爹。」

打坐的男人正是衛融，他膚色本就白皙，此刻卻透著一股異樣的青色。

衛融睜開眼。「女人呢？」練此魔功，需要食用紫河車。

「乾爹，拐子出了問題，他色心大起，姦了那女人，害那女人跳崖了，山下是溪流，我沒找到屍體。」

「拐子呢？」

「我殺了他。」

衛融突然伸手，迅如雷電，將衛沭抓近，用鼻子嗅聞。

「有血味，果然你殺了他。」

衛沭臉色蒼白。「請乾爹再等一會兒，我立刻再去找女人回來。」

衛融丟開他。「不必麻煩了，我聞到女人的味道了。」身形一閃，衛融破窗而出，手掌成爪，抓向那個在窗外偷窺的女人。

「啊——」女人驚呼。

衛融收爪，卻沒抓到女人，手上只徒留一塊破碎的布料。

衛沐衝出屋外，四下張望，除了瞧見衛融盯著手上的碎布，沒看見有任何女人。

衛融盯著手上的布，眼神怪異，似驚似疑，不甚明白。

「怪了，我明明抓到那女人，怎麼會不見了？」

這時候已經躲回仙屋的安芷萱也是一陣後怕，她肩上的衣服破了一塊，皮膚上留下抓傷，隱隱作痛。

她心驚膽跳，她知道那人是誰了！

衛沐叫他乾爹，他是錦衣衛同知大人，易飛曾經的上司、皇后的同黨——衛融。

她沒有閒工夫療傷，何況這只是皮肉傷，不礙事。

事不宜遲，她必須立刻去通知其他人，因此她立即跳下床，跑到衣櫃前。

仙屋應有盡有，衣櫃裡也放滿了她的各式衣物，她挑了件窄袖勁裝，隨即換上，把自己收拾俐落後，立即移轉到城中的一處宅院。

這裡便是柳如風曾經邀請她共商大計，商討捉拿北山雙淫的地方。

她在院裡亂轉，碰到了侍女菊英，立即上前抓住她。「柳如風在哪兒？」

菊英見鬼地瞪著她。「妳怎麼闖進來的？」

「我沒閒工夫解釋，柳如風在哪兒？」

菊英尚未回答，屋裡就傳來柳如風的聲音。

「菊英，何人在屋外吵？」

安芷萱放開菊英，直衝屋裡，急得菊英大喊：「喂，妳不能進去！」

安芷萱哪管得了那麼多，直闖屋中，屋內一群人見到一名勁裝女子闖進來，皆很驚訝。

「安娘子？」柳如風也訝異地站起來。

她本就是美人，平時是婦人打扮，今日卻穿了一身窄袖勁裝，梳了個爽利的髮型，沒有釵環墜飾，一身颯爽，恍若江湖俠女，令柳如風眼睛一亮。

「妳……」他才說了一個字，安芷萱便咚咚咚地衝向他，二話不說，抓住他的手腕。

「跟我走！」

眾人皆驚，奔到門口的菊英也差點掉下巴。

柳如風目光閃了閃，點頭。「好。」

大街上，一間酒樓高朋滿座。

二樓，易飛臨窗而坐，地方官員和幾名軍營同袍正在宴請他。

他今日赴宴便是要籠絡這些人，與他們打好關係，把軍營裡的勢力梳理清楚，了解誰能用，誰不能用。

眾人酒過三巡，言笑晏晏，看似表面和樂，其實各懷心思。

眾人都在暗暗打量這位尚書大人，只覺此人不苟言笑，喜怒不輕易外露。

幾名官員互相遞了眼色，一名官員便起身，招來酒樓侍者。

「上菜。」

侍者應命而去，不一會兒，便有幾名美人送菜上來，並且捧著酒壺，來到各位大人身邊，為他們斟酒。

其中一人的美貌尤為出色，她身姿款款，纖腰扭臀來到易飛身旁，為他倒酒。

易飛眼也不抬。「退下。」

美人僵了僵，抬眼看向對面的官員。

官員擺擺手。「去去去，別來礙眼。」

美人委屈，瞧了英武冷峻的尚書大人一眼，便退了下去。

官員心中暗暗計較，這美人是他們特意找來試探對方的，她的容貌極為出色，故意讓她倒酒，便是暗示尚書大人，這是他們的孝敬。

在聽到尚書大人斥退時，他們便明白尚書大人這是告知他們，他不接受美人賄賂。

眾人心想，美人無用，難道是要銀子？

易飛神色冷漠，從頭到尾沒說幾句話。今日接受宴請，便是來看看這些人的打算。地方官員及軍營指揮使，關係盤根錯節，誰忠於皇上，誰是表面敷衍，他靜靜觀察。

送美人的是指揮僉事，易飛便心裡有數了。

酒樓二樓是開放式的，能俯望大街，易飛特意挑了這個位子坐下，只因視野開闊。這頓喝完肯定會沾上酒氣，坐在臨窗的位子至少可以少沾些，因為他知道，萱兒不喜他渾身酒臭味。

他喜怒不顯，一派高深莫測，側頭瞟向外頭，就看到安芷萱抓著柳如風的手腕，快步走在大街上。

易飛猛然站起身。

在座眾人被他這動作嚇了一跳，不明白發生了何事，只見尚書大人臉色鐵青，渾身殺氣。

指揮僉事暗叫不好，知曉尚書大人要發難了，連忙起身告饒。

「下官錯了，不該讓女人擾了大人的興致，還請大人——」話說到一半，就見尚書大人突然從窗口跳了出去。

眾人又驚，不至於氣到跳樓吧？

易飛幾個跳躍，如大鷹展翅，落在地上時，街上百姓一驚，紛紛散開。

安芷萱反應不及，柳如風卻已察覺到殺氣，在易飛落地的同時，他已經擋在安芷萱身前，與易飛對立而望。

認出是尚書大人，他先是一怔，不明白對方為何目光如刃，殺氣騰騰。

安芷萱被擋住視線，從柳如風身後探出頭，這才瞧見她家相公，心中大喜。

「安芷萱，妳給我解釋解釋。」易飛咬牙，一字一字地質問，額角青筋凸起。

柳如風氣度不凡，何等優秀，又是江湖有名的美男子，從頭到腳無一不完美，他謫仙的風采，連男人都欣賞，更何況是女人？易飛早就看他不順眼。

他知道柳如風有多優秀，但他相信萱兒不會背叛他，也不願懷疑她，因為他的懷疑會傷了萱兒的心，因此他儘管擔心，也絕不質疑她。

可是當他親眼見到她拉著柳如風的手，在大街上「快樂」地奔跑時，他只覺得心臟好似被人掐住，氣血上湧，衝撞著他的腦子，只剩殘存的理智在壓抑著想殺人的衝動。

安芷萱沒看到易飛臉上的憤怒，因為她現在急得不得了，只想趕緊找到人，見到易飛突然出現在眼前，她簡直高興壞了。

她忘了自己是寡婦，忘了男女授受不親，更忘了街上有多少眼睛在看，她只記得滿腦子都是「快點找打手」，不能被衛融逃了！

她正想抓著柳如風去找易飛呢，因為她只知曉易飛今日被人宴請，卻不知是哪間飯館或茶樓？只好抓著柳如風滿街跑，看看能不能碰到。

老天顯靈，易飛竟然自己找上來了，她二話不說，在大庭廣眾下，高興地撲進他懷裡。

在她主動投懷送抱後，易飛原本滿腹邪火瞬間熄滅。

她說過，不准他在人前對她做親密之舉，但她現在卻打破了協議，撲進他懷裡，輕易地澆熄了他體內衝撞的火氣。

他怔怔地看著她。

安芷萱抬起臉，雙頰因為激動而紅撲撲的，大口喘著氣，但一雙眼卻亮得熾人，對他笑咧了嘴，大聲說：「易飛，我找到衛融了！」

第二十七章

安芷萱在裝傻。

她知道此時此刻裝傻就對了，一傻天下無難事。

沒辦法，她不裝傻不行啊。

她的左邊是易飛，右邊是柳如風，她夾在他們中間，只能繃著嚴肅的神情，假裝一心為民除害。

「他在屋裡？」柳如風問。

「嗯。」她點頭。

「確定是衛融。」易飛問。

「嗯。」她再次點頭。

她沒看他們任何一個人，雙目直直盯著前方。

為了搶快，她一手拉一個，將他們帶到此處。

前方的屋子就是她當時跟蹤衛沐時所來到的屋子，那窗戶還破著。

當時，她一心只想盡快找到人，免得被衛融跑了，而她腦子裡很自然地浮現最先想到的人，便是易飛和柳如風。

為何先想到他們？

易飛奉命清除皇后餘黨，衛融是當初派人去刺殺端木離等人的主謀，此人是皇上的心頭大患，一天不除，皇上就一天不放心，因此易飛一定要除去他。

柳如風在搜查北山雙淫的同謀，狼魔一日未除，百姓一日難安，書生貨郎誘騙女子，卻將女子送貨給衛融，而衛融和衛沐二人，很可能就是殺了北山雙淫的兩名錦衣衛。

如此推想，她不找他們兩人要找誰？

話雖如此，她還是有些小心翼翼。

人是她找來的，但這兩人間的敵意，就算瞎子也能感覺得出來。

一個是她「死去的相公」，一個是「對她情義相挺的大俠」，夾在這兩人中間，除了裝傻她還能怎麼辦？

總之，先把大事給解決了再說。

他們三人離得夠遠，能不被屋內的人發現，而屋子又在他們目力所及之處。

為了搶時機，易飛和柳如風各自留話給手下，決定隨她先行，並按照她的指示一路施展輕功而來，每到一處地方，就見她已經等在那兒，待他們找來，她又指向另一處，引他們前去。

柳如風知道她有縮地為寸的功夫，因此並不驚訝，但尚書大人也同樣不驚不奇，這表示尚書大人與安娘子早就認識了。

柳如風想到在商船上，錦衣衛拿著她的畫像說這是京城的命令，要抓她回去……

他一邊深思，一邊打量易飛，對方察覺他的目光，立即看來，直視他的眼，毫不迴避。

柳如風與他對視後，率先開口。「得先就近察看對方有多少人。」

易飛沈默一會兒，才冷道：「不能被他們發現，免得打草驚蛇。」

要就近打探又不能被發現，就必須他們其中一人去，但是誰去？

兩個男人同時看向安芷萱。

安芷萱正色道：「你們兩人都去，一個查人數，一個探附近的地形，務必將所有人一網打盡。」

她神情嚴肅，語氣認真，完全就事論事。

兩個男人就算有敵意，也明白大事為先的道理，至於其他的，等事情結束再解決也不遲。

易飛道：「我去查人。」

柳如風同意。「我去查地形。」

分配好任務，兩人轉頭對她同時叮嚀。

「在此等我。」

「不要亂跑。」

話一出口，兩個男人四目對峙，眼中精芒大盛，又是一陣危險的沈默。

安芷萱忙道：「我有自保之道，你們快去，別耽、誤、大、事。」她故意強調最後四個字。

個人私事什麼的，先放下！放下！

易飛冷著臉，率先施展輕功而去，柳如風也隨後跟上。

兩道身影，一黑一白，在山林間快速飄移，無聲無息，似風似雲，很快就消失了蹤影。

安芷萱憋在胸臆間的那口氣，總算可以吐出來了。

媽蛋！她還真怕那兩人打起來，幸好幸好，他們還懂得以大事為先。

她揉了揉僵硬的表情，放鬆一下緊繃的神經。

大約一刻過後，兩人彷彿講好似的，幾乎同時回來，前後差不到幾息的工夫。

「人不在，東西還在，沒走。」

「附近無人埋伏，有兩匹馬。」

「看樣子只有兩人，不需要動用人力圍捕。」

「有好幾條山路，需提防逃跑。」

「先抓老的，老的才是主嫌，年輕的那個不足為懼。」

「行，二對一，先發制人，殺他個措手不及。」

兩人商議對策，快而簡短，竟是默契十足。

安芷萱聽得認真，知道他們的計劃後，很自然地也想盡一份心力。

「你們去對付老的，年輕的可以交給我。」

「不行！」

兩人同時開口，令她一呆。

兩個男人視線再度對上，猶如兵刃相交，刀光劍影。

安芷萱打了個激靈，縮了縮脖子，急忙答應。「明白了，我就在這裡等，哪兒也不去。」

別打起來，千萬別打起來！

易飛臉色冷沈，臨去前丟了個眼刀子給她，彷彿在說：事後妳給我好好解釋清楚！

柳如風則是溫柔地看了她一眼，彷彿在說：別怕，有我呢。

兩人先後離去，身形飄忽，快得一下子就不見人影。

終於走了！安芷萱忍不住雙手合十，謝天謝地。

沈越按照柳如風留下的口信，領著各門派弟子匆匆趕來。

他與柳如風情如弟兄，默契十足，自有聯絡的方法。一路上，他沿著柳如風留下的記號，尋找山路上來。

當他們找來時，安芷萱已經等在那裡。

「沈大俠。」

「安娘子，柳兄人呢？」

「跟我來。」

安芷萱與沈越並行，迅速將大致情況告訴他，其他人則跟在身後。

紀楚楚在後面，冷冷地看著安芷萱。

陸雅兒雖然對安芷萱不滿，但大敵當前，她也會以正事為先，況且她擔心意中人的安危，急著想知道尚書大人是否安好。

安芷萱領著眾人去尋找，不用她指路，沈越就知道人在哪兒了。

沿路上皆是斷樹殘石，很明顯的打鬥痕跡，沈越五識過人，已經聞到空氣中的殺氣。

「在那兒！」他加快腳步，率先奔去，其他人緊跟後頭，沒多久就聽到了打鬥聲。

衛融能坐上錦衣衛同知的位置，成為奸后的助力，便是有一身高強的武功。

當初在京城時，易飛尚且可以與他打個平手，可如今兩人再次交手，易飛驚覺衛融的武功更勝以往，竟不是他一人可以抵擋的。

他與柳如風兩人合力，竟一時拿不下他。

衛融本就膚白勝雪，修煉魔功後，容貌更形妖異，一頭長髮披散，竟有些美豔。

沈越等人見狀，皆吃了一驚。

「是個女人？」

「哼，妖女！」

「不對，咱們收到消息，明明說要對付的是個男人。」

「是太監。」安芷萱好心解說。

眾人瞬間恍悟，皇城內不乏大內高手，而執掌錦衣衛的廠公便是大太監。

陸雅兒一臉傾慕，想不到尚書大人的身手如此好，與柳大哥不相上下，心中既喜悅又擔心。

「易大人沒事吧，咱們要不要趕快上前幫忙？」

「……」安芷萱幽幽地看了她一眼，嗓音微冷。「尚書大人已經娶妻了。」

陸雅兒輕哼一聲。「我知道啊。」接著又露出嚮往之色。「他缺一朵懂他的解語花。」

安芷萱嘴角微抽，拳頭緊了緊。

怎麼辦，她好想打人。

沈越回頭對他們命令。「此人修習魔功，竟與北山雙淫是一路的，要小心。」說完，他飛奔如箭，加入戰局。

其他門派弟子紛紛擺陣，成圍困之勢，預防敵人逃跑。

眾人的注意力皆在打鬥上，安芷萱亦然。

對於易飛的身手，她十分了然，因為她曾與他多次出生入死，明白此時此刻絕不能讓他分心。

有沈越加入戰局，情勢立轉，眾人見狀，臉上都是喜意，知道讓對方伏法只是遲早的事。

安芷萱左右張望，心中奇怪。

從剛才到現在，她只瞧見衛融，卻不見衛沐。

對於衛沐這人，安芷萱心中有些複雜，因為衛沐從未傷害過她，甚至還救過她。

上回他明明可以把她交給衛融，但他卻沒有這麼做。

為此，安芷萱想過，找個機會幫他向易飛求情，看看可否免去一死。

衛融被三人圍攻，自知不利，他神色猙獰，幾欲瘋狂，奮死一拚，殺出重圍。

「不好！他要逃！」

守在外圍的門派弟子群起攻之，混亂中，衛融抓起門派弟子，以其肉身為盾，丟向前方的尖刀。

有的為了救人，有的怕傷到自己人，一時眾人亂了陣腳，紛紛收劍，易飛三人行動亦受阻，竟讓衛融有了可乘之機。

安芷萱在一旁焦急，並未察覺身後的危險，眼看衛融就要殺出重圍時，突然有人朝她後背一推，竟將她推到衛融面前。

「不！」易飛大喊，柳如風和沈越雙雙色變。

擋路者死！衛融殺紅了眼，揮刀向前。

安芷萱雖然有仙屋保護，可她反應再快，也快不過刀光劍影。

高手過招，爭的是瞬息，衛融這一刀快如閃電，「篤」的一聲，刀鋒入肉。

安芷萱只覺得眼前一黑，根本來不及反應，便被人一抱，一陣天旋地轉，滾到了一邊。

她呆呆地看著眼前的人。

只見衛沐臉色蒼白，身上帶血，他……竟然為她擋刀？

變故來得太過突然，也太過意外，衛融本有機會逃脫，卻因為衛沐臨時插一腳，失了先機，被趕來的三人擒住。

「衛沐！你竟敢背叛我！」衛融目眥欲裂，已如瘋魔。

衛沐嘴角帶血，露出了得逞的笑。「老閹狗，去死吧你！」

他抱著安芷萱，不敢放手。

若不是他，此時安芷萱已經成一具屍體，連去仙屋療傷都來不及。

易飛下手沒有猶豫，一刀果決了衛融，他雙眼盯著衛沐，神色似染了寒霜。

柳如風第一次見到衛沐，連他都被這情況搞糊塗了。明明是敵人，到頭來卻救了安娘子，還因此破壞衛融逃走的機會，助他們剷除禍害。

此人身受重傷，還抱著安娘子不放，英雄救美之心，清楚明瞭。

莫說他們三人，其他人也因眼前的變故而愣怔。

柳如風突然轉頭看向易飛。「大人身在朝廷，熟知朝廷事，還請賜教。」

衛沐是錦衣衛，更是朝廷通緝之人，當然是問尚書大人如何處置了。

易飛黑著一張臉。

衛沐與他是不死不休的仇人，自己差點死在衛沐的嚴刑拷打下，但他卻救了萱兒，很顯然的，人家對他的妻子以命相護，何故？當然是因為喜歡她了。

此時侍衛長上前來報。

「大人，咱們包圍了此座山，並未見到有人逃走。」

他們受尚書大人之命，將各處可以出山的路都圍堵了，一隻鳥兒也不讓牠飛走，為的就是避免餘黨逃竄，務必要一網打盡。

「將衛融的屍體帶走，將衛沐收押。」易飛冷冷下令，接著大步走向衛沐，一把將安芷萱搶過來，抱入懷中。

這舉動令眾人一驚，連陸雅兒都看傻了。

安芷萱驚魂未定，沒有掙扎，只是還怔怔地看著衛沐被侍衛押起，他受了重傷，無力反抗，被押走時，一雙眼還在盯著她。

易飛沈著臉，抱著她就走，卻被柳如風擋住。

「大人，於禮不合。」

尚書大人已有家室，如今大庭廣眾之下，竟不顧禮教，將人摟進懷裡，若傳出去，成何體統？在柳如風看來，安娘子此時受驚，尚未回神，尚書大人這是乘機占她便宜，當然不允。

兩個男人氣場極強，彼此不讓，頗有一觸即發，龍虎相鬥之勢。

過了一會兒，易飛沈聲開口。「萱兒是我妻子，我是她丈夫，哪裡於禮不合？」他氣沈丹田，說的每一個字都傳到眾人耳中。

在場的人皆驚，柳如風也呆愣住了。

易飛早就想說了，正式昭告天下。

「我的妻子離家出走，我千里迢迢尋妻而來。通緝畫像是本官發布的，官府、城守、錦衣衛、大內密探皆是本官命令他們來尋人的，如今我找回妻子，自是帶她回家。」說完不再理會眾人，大步離去。

這個消息太過震撼，一時之間，眾說紛紜。

沈越走到柳如風身旁，一起看著那男人抱著妻子下山的背影。

「柳兄……」

沈越想說什麼，卻發現自己一個字都說不出口，因為他根本不知道該說什麼。

原來佳人早有良人，而丈夫的出色並不遜於柳如風，一開始就注定了無緣，忙來忙去，竟是竹籃打水一場空。

柳如風面色淡然，教人看不出心思，但向來對他知之甚深的沈越，卻明白柳如風對安娘子確實是十分喜愛的。

男人之間，有些事不必言語都能明白。

沈越拍拍他的肩，算是安慰。

「沈兄。」

沈越用拳頭捶了捶胸口。「想喝酒，兄弟奉陪。」

柳如風露出淺笑，卻是靠近一步，用兩人才能聽到的聲音低語。

「安娘子是被人推出來的。」

沈越驚訝地抬眼，看向他。

柳如風目光不避，直直看入他的眼，緩緩說道：「貴派培育優秀弟子，才德兼備，才有今日的江湖地位，實在不該被此人壞了百年信譽。」

沈越瞳孔驟縮。柳如風的意思是，適才推安娘子出去送死的是伏鷹宮的人。

伏鷹宮這次派來的弟子，除了自己，還有兩名女弟子。

沈越的目光朝陸雅兒和紀楚楚看去。

陸雅兒雖刁蠻，但不至於心思歹毒，況且當時她離安娘子有段距離，並不在她身邊，那麼便是……

他的目光直直盯住了紀楚楚。

紀楚楚察覺到他的視線，眼神閃過一絲慌亂。

沈越心中一沉。

「我明白了，多謝柳兄提醒，待回到門派必將此事告知掌門人和長老，處置不肖弟子。」

柳如風輕輕點頭，話題一轉，說道：「狼魔之事尚未結束，咱們還得繼續商議。」

沈越了然。江湖兒女私情都比不上剷除武林禍害重要，柳如風身為凌雲山莊莊主，自是不會也不應該被兒女私情所牽絆。

這次圍剿有死有傷，還得處理，柳如風立即去察看死傷的弟子，沈越也跟隨而去，安娘子的事，很有默契地不再提起。

易飛將收拾殘局之事暫時交給侍衛長，自己則抱著妻子上了馬車，命人返回府宅。

他臉色冷沈，寒得似冰，一路上都不說話。

安芷萱靠在他懷裡，微微抬頭看他。

「生氣了？」

他低頭看了她一眼，抿緊了唇抬頭。「沒有。」

她哼了一聲。「想問什麼就問，幹麼憋著，好似我做了對不起你的事。」

易飛終究嘆了口氣，環住她腰的手臂緊了緊。「我沒生妳的氣。」

「那你為何沈著臉？」

易飛沈默了一會兒才開口。「我差點失去妳。」

他不是生她的氣，他是在生自己的氣。他在自責，因為他太有自信，以為萬無一失，卻沒想到最後卻讓她入了險境。

若不是衛沐出手，他知道她絕對逃不過那一刀，即便她有什麼神通，若是一刀斃命，連神仙都救不了。

他隱約知道她那個秘密房屋似乎有神奇的療效，但就算再厲害也有一個條件，就是不能死。

若是死了，就算大羅神仙現世也難救。

就是因為太明白，他才會一路沈著臉，他生平第一次覺得他這個丈夫做得失職了。

安芷萱聽罷，才明白他的心情。

她一陣心軟，將臉貼回他胸膛上，緊緊抱住他。

「你沒錯，是我不對，我太高估自己了。」其實她沒說的是，當時有人在背後推她，想害死她。

這人心思歹毒，竟打了這麼惡毒的主意，可安芷萱想不起來自己到底得罪了誰，竟非要置她於死地？

難怪李大夫總說江湖險惡，她太單純。看來此言不差，她終究還是小看了江湖。想到自己若死了，豈不是與易飛陰陽兩隔？還吵什麼和不和離的？真是令她一陣後怕啊。

易飛感覺到懷中妻子的恐懼，想到她今日受驚，他不該垮著一張臉，現在最受傷的其實是她，而他身為她的丈夫，應該要給她足夠的安全感才是。

他摟緊她。「別怕，有我在呢。」

她嘆了口氣。「怎麼不怕，你差點做了鰥夫呢。」

「……」

「咦？不對，你名義上的老婆另有其人，有趙家女在，你根本不會做鰥——唔唔——」後頭的話被男人用吻死死堵住。

這女人，就是有本事氣死他！

經過了今日的驚嚇，尚書大人突然心有感悟。世事難料，生死無常，兩年或許太長，叫他等兩年後和離，再用八抬大轎娶她進尚書府實在太久了，他應該要想辦法加快腳步。

一年半——不，最多一年，就把這事給辦了，拖不得！

安芷萱被他吻得氣喘吁吁，誰說這人古板沒情調？他不會風花雪月，但他會在馬車上就對她上下其手啊！

兩人吻得難分難捨，還是她用力捏他，才讓他心不甘情不願地放手。

今日他當眾宣布她是他的妻，她也認了，事情走到這個地步，也不能怪他，在那種情況下，他做丈夫的若是為了顧忌他人目光而不去抱她，依他的性子，他當然忍不了，也不想忍。

何況，經過這一番生死後，她也看開了，被誤解就被誤解吧，總好過與他兩地分離。

反正嘴巴長在別人身上，隨便他人怎麼說，只要他對她好一輩子就行了。

「還有件事……」安芷萱抬頭看他，不知如何開口。

易飛與她心意相通，看她的表情就知道她在想什麼。

「妳想替衛沐求情？」

「嗯。」她輕輕點頭。「可以嗎？」

「這事得交由皇上決定，連我都不能違抗聖旨。」

安芷萱還想說什麼，他又道：「他活不了太久了，衛融那一刀並不致命，而是他中了毒，如果沒解藥，他活不過三日。」

安芷萱愣怔，她想了想。

「那太好了。」

這回換易飛呆愣，就見她笑嘻嘻地說：「那就讓他中毒身亡吧，我把解毒丹給他，你想辦法偷天換日，把人送走。」

「……安芷萱，妳想欺君？」

「你不說，我不說，誰知道？」

「不行！」

「易飛——」

「不行就是不行！」

「相公～～」她嘟起嘴。

「……」

「相～～公～～」她用臉蹭蹭他的胸膛。

易飛撐住表情。「妳讓我考慮考慮。」

她笑了，再度送上香吻。

第二十八章

狼魔，到底躲在哪裡？

任你武功高強，任你聰明絕頂，任你勢力龐大，卻都找不到他。

狼魔在江湖盛傳已久，有人說他專抓小孩來修煉魔功，也有人說他以小孩嫩肉為食，更有人說，他專門集結小孩，從小訓練，為他所用。

總之，江湖上關於狼魔的傳言很多，直到北山雙淫死了，也無人查出狼魔的下落。

安芷萱站在仙屋裡，看著牆上的字畫和扇畫。

這些畫都是她從書生貨郎那兒買下的，後來她又買了一幅字畫，掛在牆上，一起比對。

這些畫如果分別賣給不同的人，永遠不會有人發現他們的共通點，但巧的是，安芷萱做了別人不太會做的事，便是將書生貨郎的字畫全部買下來。

她在欣賞畫時，對畫上的字多看了幾眼，不知不覺，就把字跡印在腦海中。

她想到自己的書櫃裡，放了許多她行經各地蒐集而來的話本，話本通常是落第的書生所寫，他們為了餬口，有的去教人寫字，有的幫人寫書信賺銀錢，還有的則去寫話本。

通常賣得最好的是姑娘愛看的才子佳人故事，或是男人愛看的風流小書。

另外還有一種，就是江湖武林與各大奇案。

有書生將各門各派發生的大事或奇案，寫成膾炙人口的江湖故事，供人閱讀。

安芷萱行走江湖，也想了解江湖事，除了去茶樓聽說書，便是自己去買話本來看，巧的是，她收集了不少離奇曲折又結合奇案的狼魔故事。

關於狼魔的傳聞，百姓之所以口耳相傳，很多是經由說書先生或是話本上看到的。

而其中一本專寫狼魔的，便是一名叫做山水郎君所寫，據聞，他便是將狼魔在江湖上作惡多端之事抄寫成書，放在書肆寄賣。

一本要價不菲，因為安芷萱有錢，也買了好幾本，看完後，就丟在書櫃裡。

她記得，話本上的字跡跟字畫上的字跡很像，因此去對照了下，還真是一模一樣。

為此，她突然有個大膽的猜測。

書生貨郎……會不會就是狼魔本人？而狼魔本人，其實是書生貨郎杜撰出來的人物？

安芷萱也被自己大膽的假設給嚇了一跳，連她都覺得這事太離譜。

這世上會有人為了寫話本，而捏造出一個虛構的武林人物？

還是說，他為了捏造虛構的狼魔才寫話本，只為了好玩？

衛融和衛沐落網後，安芷萱便一直待在府宅裡，不再出門，平日除了看書就是練字，或是進仙屋看看她的藥草園。

因此，她才發現狼魔這件事的奇特之處。

傍晚，易飛忙完公務回來，兩人用過飯後，她便提起此事。

「我有事情想告訴你。」

見她一臉正經，易飛來了興趣。「妳說。」

「是關於狼魔之事。」安芷萱將自己的發現和推測，全部告訴易飛。

易飛聽了驚訝。「字畫和話本在哪兒？我瞧瞧。」

「行。」她站起身。「你等等，我去拿來。」說完便轉身進了浴房。

過了一會兒，她走出來，手上捧著字畫和話本，攤在桌上。「都在這裡。」

易飛嘴角抖了抖。為什麼字畫和話本會放在浴房？其實妳是從那間「屋子」拿出來的吧？

他忍了忍，沒點破她，妻子深藏不露的秘密屋，既然她不肯說，他便不問。

他將字畫和話本相對照，這一瞧，還真瞧出了門道。

安芷萱目光晶亮。「如何？是不是很巧？你覺得我猜的對不對？」

易飛沈吟一會兒，對她道：「若真是如此，恐怕會氣死那些江湖人，為了剷除狼魔，那些門派長老不止一次召集武林志士，商議對策，甚至還有人宣稱找著了被狼魔抓去的孩子，救回不少，如果證明狼魔只是個市井說書騙子，幫忙哄騙女人，寫話本賺些銀子餬口，那些自恃救人濟世的江湖人，恐怕會被其他江湖人嘲笑。」

安芷萱擰眉。「那怎麼辦？」

易飛攬住她的腰，伸手幫她揉開眉心的皺摺。「當然是該怎麼辦就怎麼辦，戳破這個謠言，掀開這個騙局，江湖少一個虛構的狼魔，同樣是少一個武林禍害。」

安芷萱看著丈夫公事公辦的態度，不禁覺得喜愛。

她突然覺得，不懂情調、不懂甜言蜜語的男人也挺好的，起碼他做人做事實在，不搞花裡胡哨的把戲，讓人覺得心安。

狼魔的案子便交給了易飛，而易飛在思考一日後，決定交給另一個人。

江湖之事，當然還是由江湖人出面去了結比較好。

畢竟來了那麼多有頭有臉的江湖人物，例如那位凌雲山莊的柳莊主，如果不做出一點功績，如何在江湖上服眾？

易飛的武功師父也是江湖人，因此他對江湖人有一分敬重，這世上與其多一個騙子編故事戲耍人，不如多一個令人佩服又激勵人心的行俠仗義傳說。

他派人遞了帖子，邀請柳如風到翠林酒樓一敘。

到了約定日，柳如風如期赴約。

「柳莊主。」

易飛抱拳，以江湖方式見禮，這便表示他今日不是以官家的身分來相見，亦不擺官威。

「易大人。」柳如風亦抱拳回禮。

易飛伸手一擺。「請。」

兩人各自入座，一旁的侍者立即為兩人倒酒。

兩人舉起酒盞，乾了一杯後，易飛也不賣關子，直接道明來意。

「關於狼魔的案子，柳莊主可有什麼進展？」

柳如風心裡覺得奇怪，易大人特地約他，就只是為了這案子？

「實不相瞞，目前為止一無所獲，狼魔狡猾，至今查不到任何線索。」

易飛心想，連柳如風都查不到一絲一毫的線索，說不定真被萱兒說中了。

「易大人可是有了狼魔的消息？」

易飛挑眉。「此話怎說？」

「大人約我來，總不可能來閒聊的，說來喝酒嘛，大人政事繁忙，想喝酒也未必找我，因此在下大膽猜測，大人必是有了什麼消息。」

易飛看著他。「我想先聽聽，柳莊主對狼魔有何看法？」

「大人指哪方面？」

「各方面。狼魔至今行蹤成謎，極為神秘。」

柳如風沈吟了一會兒，把玩著空酒杯，緩緩開口。「其實，世人繪聲繪影傳了那麼多年的狼魔，在下有時候懷疑，是否真有其人？」

易飛頓住，抬眼看他。「你懷疑沒有狼魔這個人？」

「實不相瞞，在下將狼魔在各地犯下的擄孩案蒐集妥當，一一比對，研議了許久，發現許多怪異之處，有些甚至不太合理……」

易飛斂下眼，盯著酒杯，心想此人確實聰明，竟也發現了這些疑點，不過最聰明的，還是他的萱兒。

易飛不再賣關子，叫人把東西抬上來。

兩名手下抬了一個箱子上來，箱子打開，裡頭是一些字畫和話本。

接著，他將安芷萱發現的線索一一道來。

柳如風聽罷，先是驚異，接著便一一檢視這些字畫，以及話本的字跡和內容。

在大致看過後，柳如風把東西放回箱子裡，沈思了一會兒，突然笑出來。

「請教大人，這些疑點和線索是何人發現的？」

易飛挑眉。「你怎麼不說是我發現的？」

柳如風搖頭。「依大人的性子，對字畫和話本不會有興趣的。」

易飛心想，倘若他與柳如風相識在另一個場合，或許會很欣賞此人，只可惜，這人是他的情敵。

「你說得沒錯，我對這些東西確實沒興趣，是拙荊發現的。」他一臉驕傲地說。

柳如風怔住。

是她？

當瞧見對方談到自家女人時那自豪的眼神，柳如風向來淡定自如，喜怒不形於色，此時眼角也忍不住抽了下。

這位官爺，有必要故意炫耀她是你的女人嗎？

柳如風會被人稱為謙謙君子，養氣的功夫還是很有一套的。

「安妹子的確蕙質蘭心，著實聰慧過人。」這語氣分明是對自家妹子引以為傲。

易飛收起笑容，對「安妹子」三個字頗為不滿，冷冷盯著他。

柳如風微笑以對。

「柳莊主行俠仗義，狼魔之事就有勞柳莊主處置了。」

「好說，在下必全力以赴，不負安妹子所託。」

易飛警告。「她是我妻子。」

「這就奇了，我怎麼聽說大人娶的是趙國公之女，名叫趙瑤？」

易飛眼神冰冷，鋒利如刀。

「萱兒是我的原配，進京之前，便與我拜過天地。」

柳如風頓住，放下酒杯。「原來如此，這麼說，大人發達了，便拋下糟糠之妻，莫怪她以寡婦自居。」

「這是我與萱兒的私事。」

「非也，安妹子既逃離京城，便是打算與你切斷舊緣，不是嗎？」

易飛眸光如刃，柳如風不避鋒芒，寸步不讓。

兩人對峙，散發出的威壓勢均力敵，都沒討到好處。

事情到了這個地步，彼此也不用再裝了。

「柳莊主功夫不凡。」

「易大人也不遑多讓。」

「不如咱們切磋如何？」

「榮幸之至。」

安芷萱用過晚飯，沐浴後，便側躺在貴妃椅上看書，等著易飛歸家。

她打了個呵欠，心想奇了，平日到了這個時辰，他也該回來了。

她知道他公務繁忙，自己看書又看累了，便在貴妃椅上睡去，直到有人回來，輕輕將她抱起。

落入熟悉的懷抱裡，她很自然地依偎，慵懶地摸著他的臉。「你回來了啊？」

「嘶……疼！」

她愣住，突然醒了。「你受傷了？」

她慌忙從他身上下來，點亮油燈，查看他的臉，這一看，乖乖不得了！

「誰把你打成這樣的？」她驚呼。

「沒事，今日只是找人切磋武功罷了。」

「對方武功比你好？」

易飛立即板起面孔。「胡說，他吃了我幾拳，也沒好到哪裡去。」

安芷萱的睡意都嚇沒了，丈夫被打，她怎麼睡得著？

她將他按在床上，找出藥箱，幫他抹藥。

「這是什麼？」

「跌打損傷藥。」

「妳做的新藥？」

「不是，是李大夫給的藥方，我這幾日試煉，才成功煉出一顆，剩下的殘渣丟了浪費，就做成了膏藥，正好給你塗。」

易飛享受著妻子柔軟的手在他臉上撫摸，他的雙手也摸上她的腰，來回輕揉。

「別動，好癢。」安芷萱輕輕笑著。

易飛心一熱，身子突然一轉，將她壓下，吻上她的唇。

她拍打他，兩人就這麼在床上抹抹又鬧鬧的，最後傳來彼此交錯的喘息。

這又是一個無眠的夜晚……

隔日起身，易飛梳洗時，發現臉上的瘀傷竟然好了不少。

「那個跌打損傷藥似乎挺有效的。」

「李大夫給的藥方，肯定是好的。」

「塗抹的那個，給我隨身帶著吧。」

「行。」安芷萱包好給他，這東西本來就是做給他的。

易飛將狼魔的線索交給柳如風後，便放下這事，專心處理政務。兵營糧餉少了許多，他還得找出證據，將那些貪官一併處置。

當沈越瞧見柳如風臉上的傷時，驚得掉下巴。

「你這是怎麼了？誰打你？」

柳如風微笑。「只是找人切磋了下，我這不算什麼，對方比我更慘，吃了我好幾拳。對了，有事找你，咱們進去說。」

兩人進屋後，柳如風叫人上茶，這才說明叫他過來議事的原因。

他將狼魔之事告知沈越，兩人聯手去查，跟蹤書生貨郎多日，還真的發現他就是狼魔本人。

應該說，他就是捏造出狼魔這個虛構人物的江湖騙子。

書生本是個秀才，自恃甚高，總想著進京趕考，做官發財，成天作白日夢，夢想自己名利雙收，才華洋溢，是個出類拔萃之人。

他成天作夢，卻不願努力，但口才甚好，平日賣字畫為生，又嫌此營生賺銀子太慢。

他生性投機取巧，總想一步登天，最後幹上騙人的行當，拐賣一個姑娘得十兩。

北山雙淫惡名昭彰，他耳濡目染，想像自己也是令江湖人聞之色變的大魔頭，因此捏造出了狼魔這個人物。

他利用北山雙淫寫出狼魔的話本，終讓狼魔惡名響亮，與北山雙淫齊名。

他開始不斷塑造狼魔的惡行，寫成話本，賣給說書人，賣給包打聽，放出江湖消息。

江湖人越痛恨狼魔，狼魔名聲就越響亮。

書生以此自豪，江湖人越是抓不到狼魔，他越是暗暗得意。

瞧，他用區區一枝筆，就能攪動江湖風雲，把朝廷官兵耍得團團轉，而他話本賣得也越好，名利雙收。

當沈越知道狼魔原來只是一個落第書生捏造出來的人物時，他都不知道是宰了書生好，還是公諸於眾好。

他與柳如風商議後，還是決定成全書生貨郎。他拐賣女人，也一樣罪大惡極，就讓他以狼魔之名，死在江湖人的刀下吧。

狼魔伏法，以命償命，他的畫像公諸於世，存在江湖佚事裡，江湖上終於又少了一個禍害。

當易飛巡營公務告一段落後，該關的關，該斬的斬，扶持幾個真正為民的官員上位，大事底定，他便要帶著嬌妻，準備返回京城。

出發當日，陌琴等門派弟子匆匆前來送行，讓安芷萱有些受寵若驚。

「安娘子，咱們說好了，有空到崇山派找我們，到時不醉不歸啊！」

安芷萱點頭笑道：「會的，我若得空一定去貴派走走，說好去嚐嚐醉仙樓的神仙酒，到時妳可別耍賴啊！」

陌琴拍著胸脯。「那當然，到時我的酒量肯定練起來，一定不輸妳！」

其他人也紛紛承諾，大夥兒共飲，喝個痛快。

安芷萱心下暗暗吐舌，其實她喝不醉，似乎也是因為吃了花蔘的關係。

花蔘除了能解毒，好似也能解酒。

眾弟子感念她贈送解毒丹的大方，說好若有需要就寫信向她訂購，拜託她多做一些。

「你們若得空，有機會上京，也記得來找我。」

眾人紛紛點頭，這次送別還帶了禮物給她，裝了一馬車。

柳如風和沈越等人也特地過來送行，當安芷萱瞧見柳如風臉上殘留淺淺的瘀青時，不由得愣怔。

「柳莊主，你的臉受傷了？」

柳如風含笑解釋。「與人切磋時弄傷的，男人過招，下手沒個輕重，在所難免，不過對方也沒好到哪裡去。」

與人切磋……

安芷萱突然恍然大悟，忍不住朝易飛瞧去。

易飛正與其他門派的人行江湖禮，接著朝他們大步走來，站在妻子身旁，對他們抱拳。

「柳莊主，沈少主。」

他難得面帶微笑，一張俊臉上完好無缺，絲毫看不出任何紅腫瘀青。

「……」柳如風一時無語，心想這傢伙……肯定是吃了什麼靈丹妙藥。

沈越在一旁輕咳。「易大人，請借一步說話。」沈越怕他們又打起來，找了個理由與易飛到一旁說事，把狼魔的處置說予他聽。

柳如風向來很有能耐裝作若無其事，養氣的功夫挺到位，他面帶微笑，拿出一塊玉珮。

「這是我凌雲山莊的玉牌，贈予安妹子。」

安芷萱驚訝。「這怎麼行？」

「我這玉牌是給義妹的，妳可願喊我一聲大哥？」

安芷萱更驚訝了，就見柳如風目光真誠，含笑望著她。

這一路相處下來，柳如風對她十分義氣，始終護著她，當官兵來抓她時，他亦出來表明要為她解難。

對於柳如風，安芷萱只有欣賞和敬佩，如今他落落大方地表明要與她做義兄妹，便是表態對她的感情已是手足之情，這代表凌雲山莊的玉牌，便是他的承諾。

安芷萱爹娘早死，姊姊們都嫁了，她孤身一人在江湖闖蕩，等同沒有親人，若能與柳如風結拜，便是多了一位疼她的大哥。

安芷萱欣喜同意。「這是我的榮幸，大哥。」

柳如風將玉牌交到她手上，與她擊掌為誓。「以後若是成親嫁人，記得捎信告知，大哥一定到。」他知道，他們肯定會正式拜堂，公諸於世。

安芷萱將玉牌收入衣袖裡，易飛與沈越正好結束談話，兩人走過來，沈越也遞上臨別贈禮。

「這是狼毫筆，贈予安娘子，一點心意，還請笑納。」

男子送女子文房四寶皆是合宜，安芷萱本就喜愛蒐集這些東西，聞言欣喜收下，大方地道謝。

一旁的易飛瞧了柳如風一眼，他只是微笑不語，沒有任何動作。

他們該出發了，再不走便會誤了時辰。

離別依依，安芷萱向眾人告別，上了馬車。

易飛也跳上馬，命令車隊出發，浩浩蕩蕩地出城。

安芷萱從車窗往外看，就見柳如風一行人，始終目送著他們離去。

她突然紅了眼眶。

行了一段距離後，直到無人瞧見，易飛將馬交給手下，自己則鑽進馬車內，便瞧見她微紅的眼眶。

「捨不得？」

她嗯了一聲，便依偎進他的懷抱裡。

他將她放在腿上，輕撫她的背，低聲安慰。

安芷萱輕聲道：「我沒事，就是突然有些感慨罷了。」

易飛含笑，突然話題一轉。「對了，柳如風可有送妳什麼禮物？」眾人都送了，沈越也送了，姓柳的沒道理不送。

說到這個，安芷萱破涕為笑，高興得將柳如風送玉牌為禮，收她做義妹的事說了。

易飛聞言色變，但安芷萱依偎在他懷裡，因此沒瞧見他變臉。

易飛黑著臉，在心中大罵。好你個狡猾的柳如風，收萱兒當義妹，到時他們拜堂時，他豈不是以大舅子的名義來觀禮？

要他喊他大哥，向他敬茶，門都沒有！

第二十九章

車隊經由陸路，回到京城，已經是一個月後的事了。

這一日，城南一處簡樸的宅子裡，來了一位貴客。

敲門聲響，掃地的僕人前去應門，門打開後，來人是一名梳著婦人髻的中年女子。

「請問妳找誰？」僕人老孫奇怪地問。

「你家夫人可在？」

安芷萱從屋裡走出來，朝門外看了一眼，就見一名陌生的女子站在門外，瞧見她，對她咧開了笑容，一雙眼笑咪咪的。

「這位夫人，您是……」

「丫頭，許久不見了。」

這聲音……李大夫！

安芷萱驚喜，立即上前握住她的手，將她請進來，對老孫吩咐。「去泡壺熱茶來。」

「是！」老孫立即去交代孫嬤嬤。

待茶送來後，安芷萱關上房門，拉住李嫻玉的手，滿臉歡喜。

「李大夫若是不出聲，我都認不出來了呢！」

「妳不進宮，只好我出宮了。」

安芷萱面露慚愧。「對不起……」

「無妨，我曉得。」李嫻玉輕拍她的手。「阿離是個老狐狸，咱們不用理會他，當初就是他出的鬼主意，賜那個什麼婚，白白拆散了一對好姻緣，若換了我，也會拍拍屁股走人，江湖不缺美男，去養他十個八個小白臉。」

安芷萱噗哧笑了，也只有李大夫敢對端木離不敬，還敢說養小白臉的話，這話若被端木離聽見還得了。

「妳都說當今皇上是老狐狸了，不怕他生氣？」那可是皇帝啊。

李嫻玉愛嬌含嗔地點了點她的鼻子，食指在她眼前搖晃。「非也、非也，這話不對，我對他呀，從來不會管他是不是天皇老子，在我眼中，端木離只因為他是端木離，所以我才跟他在一起，其他的都是多餘。」

安芷萱聽了一愣，羨慕道：「李大夫，我真羨慕妳能看得如此豁達，我要是當初像妳一樣能看得這麼開就好了。」為此，她可是傷心了好一段日子。

李嫻玉卻搖了搖頭。「這種事不是看不看開的問題，而是妳有沒有看清妳自己。」

安芷萱怔住。

李嫻玉笑笑地再度輕點她的鼻尖。「傻丫頭，妳當初若是直接來找我，而不是一走了之，自己一個人傷心生悶氣就好了，我雖然只虛長妳幾歲，但是論看男人的眼光，足以當妳娘了。」

李嫻玉喝了口茶後，繼續道：「我與阿離相識時就知道他來歷不簡單，這男人一生注定不會只有一個女人，而我喜歡他這個人，就不會跟他計較這些。」

安芷萱詫異地瞪大眼。「妳不介意他有許多女人？」

「重點不是他有沒有許多女人，而是他必須有這麼多女人。三宮六院，並不單單只是他的妻妾而已，每個女人背後代表的是各家族在朝堂上的勢力，阿離的身世和他的眼界，注定要坐上那個位置，成為九五之尊，既然坐上皇位，他就必須懂得掌權，懂得用人，平衡各方勢力。他是皇帝，就要有當皇帝的大氣，哪能跟個女人嘰嘰歪歪的……哎呀，茶沒了，有酒嗎？」

這話題轉得太快，安芷萱都傻眼了。

「大清早的喝酒？」

「不行嗎？」

安芷萱見她堅持，只好摸摸鼻子，去廚房幫她拿了一壺酒，為她斟了一杯。

李嫻玉一飲而盡，笑咪咪地道：「還是喝酒痛快。我剛才說到哪兒了？」

「當皇帝要有當皇帝的大氣。」

「對，沒錯，來來來，丫頭我跟妳說，對男人哪，妳要麼看個通透，要麼就糊塗開心地過，我之所以喜歡阿離，是因為這人非常沈得住氣，能忍別人所不能忍，又懂得知人善任，還有大抱負，他是明君之才。」

安芷萱聽得發怔，她從來沒想到李大夫喜歡端木離是因為這些原因。

「我李嫻玉走遍大江南北，男人見得多了，我最後選擇回到阿離身邊，不是因為他是皇帝，而是我喜歡的這個男人剛好是個皇帝，那我便成全他，因為我知道高處不勝寒，他需要的只是我的陪伴，我也願意陪伴他，對我們而言，這樣就夠了。」

這一席話令安芷萱深思，既佩服，又覺得挺感動。

「接下來說說妳吧。」

「我？」

「當然啦，我的說完了，接下來當然輪到妳了。」

「我有什麼好說的？」

「少來，妳記不記得，當初我就警告過妳，易飛這男人碰不得，偏妳要碰，碰了又生氣，還負氣出走，一跑就不見人影。」

安芷萱聽了不服氣，嘟著嘴。「那是因為他騙我。」

「我沒說他不對，我是說妳，妳根本沒看清楚自己愛上的男人是個什麼樣的人，什麼家世，什麼身分，又背負了什麼樣的責任，這就是我一開始說的意思，妳從沒看清妳自己，到底要什麼？」

安芷萱怔住，呆呆地看著李嫻玉。

「傻丫頭，易飛就是易飛，不管是逃難時沈默寡言的易飛，還是做了尚書大人娶了趙家女的易飛，妳要看清的，是妳自己的心。」

安芷萱眨了眨眼，深思了一會兒。

李嫻玉說的話，她需要消化一下。

經過這些奔波和經歷，又結識了江湖人，其實安芷萱開了眼界，早就原諒了易飛，也不計較什麼名分了。

她早就明白一件事，只要易飛心中只放著她，他娶趙家女之事，她可以不在意，也不過問，體諒他的處境。畢竟他現在為人臣子，養一批忠心的手下，也必須為了大夥兒的前程奮鬥。

李嫻玉的一席話，讓安芷萱更加通透了，她抬起眼，美眸晶亮。

「李大夫放心吧，我曉得的，我會好好陪著他，與他同甘共苦，就像妳陪著皇上，不再固執了。」

李大夫點頭誇讚。「如此甚好，那就盡快挑個日子，搬進易府吧。」

「呃？搬家？」

「當然了，難道妳還要住在這城南的宅子裡？」見安丫頭一臉懵，似乎還不懂，李嫻玉不介意直言不諱地點醒她。

「尚書大人下了值不回易府，而是天天往城南的宅子跑，冷落尚書夫人，這事傳出去，妳當趙家人不會知道？丫頭，那可是趙家，皇上為何賜婚？易飛為何答應？因為趙國公在朝中的勢力不可小覷哪。」

安芷萱呆了呆，她從來沒仔細想過，只是單純地不想住在易府裡，免得尷尬，但是李大夫今日特地來告訴她這件事……

安芷萱仔細一想，便明白了她的用意，再抬起頭時，她目光清明，已經有了決定。

「李大夫，我明白了，我知道該怎麼做了。」

李嫻玉笑了，為兩人各自倒了杯酒。

「好丫頭，咱們乾一杯，慶祝妳終於回家了。」

其實不用李嫻玉特意提醒，安芷萱也發現了，近來左鄰右舍對她家的事頗為好奇。安芷萱幾次出門，發現附近鄰居探頭探腦的，孫氏夫婦也告知她還有不少好奇的百姓來詢問。

尚書大人有家不回，有妻不陪，偏偏每日往這裡來，傳出去肯定說他在外頭有了外室。

為此，安芷萱向易飛提議，讓他別每天下了值就往她這兒跑。

易飛也不跟她爭，而是換了個方式。

「行，我不過來，換妳過去找我。」

她沒好氣。「你府裡還有個正頭夫人呢，我去你哪裡，成何體統？」

「我的意思是，妳去易府接我，等我下了值，妳帶我咻一下，就回來這裡了。」

「……」原來他打的是搭個順風車的主意。

「妳若不願來接我，我就先回易府，換了夜行衣，自己偷偷過來，城北到城南會多耗些工夫，比平日晚半個時辰。」

「……」

「妳若肚子餓了，先吃飯無妨，記得幫我留飯就好，冷菜冷飯的，我不介意。」

「……行了，我去接你。」

見自己說不過他，安芷萱直接妥協。

易飛悄悄勾起唇角，他最不缺的，就是耐心。

當他不再逼她，而是苛待自己時，萱兒反而處處為他著想了。

隔日，易飛回到易府，把韁繩丟給長隨，便大步往書房走。

在書房裡沒瞧見人，他又往臥房走去，依然無人時，他眼神黯了黯，回過頭，卻突然瞧見她的身影。

安芷萱擰著眉頭瞪他。「你這裡是不是有暗衛？我差點被發現。」

他笑了，上前突然一把抱住她。「夫人，為夫回來了。」

「……」這傢伙一定是故意的，知曉她就吃這一套！

她輕打他。「準備好了？要走了。」

「等等，把這箱籠也帶去。」易飛指著地上一個大箱子。

「這是什麼？」

「起居用品，還有明日上朝要穿的官服。」

「……」安芷萱抿了抿唇，最後什麼都沒說，叫他閉上眼，把東西連同人一起運送到城南的宅子裡。

隔日，早上用完粥，安芷萱如往常一般送易飛出門，彷彿是送丈夫出門幹活的小媳婦，這日子是再平凡不過的夫妻生活了。

她其實也感受到了，易飛在盡力給她一個家，當一個好丈夫，他用行動證明，只有她是他的妻。

人心都是肉做的，日子久了，她也明白他是個說到做到的男人，他把她放在心裡，娶了她就只認定她，儘量不讓趙家女的事給她煩心。

或許她應該體諒他，有些事不必那麼執著，因此今日易飛回來時，安芷萱像往日一般，已經在易府等著他。

「妳等等，我與幾名手下交代事情再隨妳去。」

「你若忙，要不，你今晚就住這裡吧？」她說。

易飛頓住，回頭笑看她。「很快的，不會讓妳等太久，妳先在屋裡等，我買了話本，妳可以先看看。」

安芷萱想了想，問道：「我可以使用你這兒的浴房嗎？」

他笑了。「當然可以，妳是我夫人，儘量用。」

「不過，我可能會用很久。」

「無妨，慢慢來，院裡的人都是我的心腹，他們嘴巴緊，不會傳出去，妳可以放心去泡澡。」

她想了想，點頭。「好。」

易飛送她去浴房門口，叫來兩名侍女，吩咐她們好生伺候著。

這兩名侍女不多話，也不多看，服侍她時手腳很麻利，看得出來是經過挑選的。

安芷萱進了浴池泡了半個時辰，才回到臥房。

「夫人，這是大人為您準備的話本。」

另一名侍女道：「這是大人為您準備的小點心，若餓了，可以先吃點墊墊肚子。」

安芷萱點頭，坐下來，用筷子挾起糕點，小口地吃著。

兩名侍女見了，鬆了口氣。

大人交代一定要好生伺候這位主子，莫讓她生氣，現下看來這位夫人挺好相處的，並未刁難她們。

安芷萱吃完點心，覺得肚子都饞了，便對侍女道：「妳幫我去問問妳家大人可否擺飯，我就在這裡吃吧。」

侍女聽了，立即應命而去。

沒多久，飯菜就送來了，有肉有菜有湯，做得十分精緻。

安芷萱吃飽後，就讓侍女撤下，回內屋去看書。大約看了兩刻鐘，她便吩咐侍女。

「我睏了，想睡一下，無事莫吵我。」

侍女應是，立即為她鋪床。待她上了床，侍女放下紗帳，安靜地退了出去，交代外頭一名小廝，將此事告知大人。

安芷萱閉著眼，待侍女走後，她才睜開眼睛，看著床頂。

其實她根本不睏，在這兒沐浴、用飯、看書、休憩，全是故意為之。

李大夫一席話有如當頭棒喝，又似一把鑰匙，將她的心鎖解開。

若換作其他人勸她，她或許聽不進去，但李大夫就不同了，因為她見識廣，有主見。

她決定讓自己也站在易飛的角度，陪他去看待任何事情，這也是為何她來到易府不急著走的原因。

易飛去書房與人議事，到現在尚未回屋，連用飯時間都沒空，可見他有多忙碌。可他這麼忙卻不說，為了她，他願意從衛所直接前往她的住處，承諾與她過著夫妻生活，每日提早一個時辰，大老遠地從城南到城北去上朝。

她住在城南的宅子，本是想避免閒話，卻沒想到反而辛苦了他。

她不只限制了易飛，也綁住了她自己。

想通了這一點，安芷萱整個心境都不同了，有種雲破日出的輕鬆。

她決定做出改變。

易飛回來時，已是亥時。

侍女已告知他萱兒睡了，因此他先去次間沐浴梳洗後才過來的。

不必點燈，就著窗外一點微光，他悄悄來到床邊，見她背朝外，靠床裡睡著。

他脫下鞋子，輕手輕腳地上床。

他躺下，想抱她又怕會吵醒她，可不抱她，他又心癢難耐，畢竟妻子就在他伸手可及之處。

不過，他的猶豫是多餘的，因為在他躺下沒多久，安芷萱便轉身投入他的懷裡。

「回來啦……這麼晚……」

易飛怔住，立即將她攬住。「對不起，吵醒妳了。」

「用過晚飯沒？」

「用過了。」

「嗯……那就好……」

安芷萱調整了個舒服的姿勢，把頭枕在他胸膛上，抱著他睡。

他很驚訝，因為她沒有提回城南宅子的事，分明是打算今晚跟他睡在這裡了。

易飛心中狂喜，本以為還要維持一段日子才能慢慢改變她的心意，沒想到今晚她會為了他，睡在他的臥房。

先是使用他的浴房，接著是用飯。侍女說她在屋裡看書時，也沒有心急地催他，睏了就直接睡在他的床上。

顯而易見，她已經改變心意，願意配合他，與他過著夫妻的日子。

易飛本有些睏倦，但現在知道妻子願意為他改變，他的精神振奮，反而沒了睡意。她就在懷裡，鼻下是她的香氣，柔軟的身子貼著他的胸膛，他是個正常的男人，不心猿意馬才怪。

易飛不是個靠嘴上功夫的人，大部分時候他都是沈默的，而且他比較喜歡用行動來表達他的喜悅，因此他反身壓住她，二話不說，直接朝她的嘴親了下去。

安芷萱既然決定退讓，不再堅持住城南的宅子，就不是嘴上說說而已。

不過，若她要住到易府，表面上還是得顧及趙家女，畢竟名義上她才是尚書夫人，代表的是趙家的面子。

政治上的事，安芷萱不懂，她能做的就是讓易飛安心，不給他添亂，而為了效法李大夫，站在易飛的高度去看待事情，安芷萱決心也要努力了解易飛的處境。

易飛聽完她的話後十分高興，答應每日下值後替她解說目前朝堂上的政局。

他向來話少，卻願意不厭其煩地教她，除了讓她安心，也讓她明白，他做的這些事是為了什麼？

用過飯後，兩人在院子裡散步消食。

走了一段，他摟著她在涼亭裡休息，與她說體己話。

安芷萱笑道：「我明白了，你在兵部就任，有你的職責，我也知道你忙，你不必擔心我，自去忙你的，不必事事對我解說，我曉得的。」

她不懂朝堂上的爾虞我詐，但她願意盡全力支持他，盡自己做妻子的本分，她提出要了解朝堂政局也只是懂個大概就好，並不是想知道每個細節，哪知易飛卻比她更看重此事。

「當初就是因為我沒事事對妳解說，才造成妳的誤會，因此咱們今後都必須講清楚說明白，不可再胡亂猜測。」

啊……可是，她對朝堂的鬥爭和勢力分配什麼的真的沒興趣，聽了只覺得腦累，還傷耳。

「無妨的，我真的不介意……」

「不行，妳不介意，但我卻不能不介意，以往我認定這是男人在外頭的事，女人不需要知道，才導致咱們差點分離，連解釋的機會都沒有，因此從現在開始，我做的每一件事、每一個決定，都會讓妳明白。」

因此夫妻間的枕畔耳語，被他講成了夫子授課，或是跟和尚唸經似的，令她如坐針氈，心中暗罵有完沒完，好想堵住他的嘴。

而她也真的這麼做了，用自己的香唇堵上他嘮叨不休的嘴。只有這個時候，他才會閉嘴，實踐做丈夫的義務，並且做得貫徹始終，絲毫不含糊。而她付出的代價就是隔日睡到日上三竿，吃仙果補元氣。

安芷萱很苦惱，為此，她偷偷進宮找李嫻玉請益。

皇帝日理萬機，她以為李大夫陪在端木離身邊，也必須時常懂朝堂上的事。

李嫻玉笑道：「怎麼可能？我又不是衝著皇后的位置來的，朝堂上的事，自有皇后為他分憂解勞，我只負責顧他的身和心。這身子嘛，偶爾給他把把脈，補一補，妳也知道，做皇帝的對後宮女人要雨露均霑，勤勞耕耘，才能生下健康的龍子龍女。至於心嘛，我就當他的解語花，有些事不能對外人說的，他就對我說，一吐為快。」

安芷萱好奇問：「什麼不能說的？」

李嫻玉壓低音量。「他昨晚大罵陳閣老是老禿驢，生的兒子沒屁眼，最好溺死在糞坑裡。」

「哈！」

安芷萱忍不住噗哧一聲，很難想像這樣的糙話是從端方君子端木離口中說出來的，李嫻玉卻好似已經習以為常，當成笑話講給她聽，讓她有種在茶樓聽說書的既視感。

「不過有一事，倒是得先跟妳透個風。」

「什麼事？」

「端木離要有大動作了，教訓那些倚老賣老的臣子，這事，易飛也有份。」

安芷萱瞪大眼。「皇上讓他做什麼？」

李嫻玉一臉同情地摸了一把她柔嫩的臉蛋。「我猜易飛今晚就會跟妳說，妳做好準備聽他唸經吧，記得先喝杯提神茶哪。」

「……」李大夫，妳這不是同情，是幸災樂禍。

「皇上駕到——」院外傳來太監的唱喝聲。

安芷萱臉色一僵，她是用仙屋移轉進來的，也沒打算這時候見端木離，遂匆匆放下茶盅。

「我溜了。」說完躲到屏風後，人便消失了。

李嫻玉搖搖頭，起身往前廳走，不一會兒，門簾被掀起，端木離進屋，李嫻玉笑咪咪地上前福身見禮。

「叩見皇上。」

端木離轉頭吩咐。「退下，守在屋外，沒朕的命令，不准放任何人進來。」

「喳。」

身後的大太監和宮女全退了出去，順道把門帶上。

端木離上前一步，一把撈起還沒平身的李嫻玉，打橫抱起她就往內廳走。

李嫻玉也順勢摟住他的頸子，呵呵笑了出來。

端木離瞥了桌上的茶盅一眼。「誰來了？」

「你猜。」

「朕猜不到。」

「少來，問問你安插在我院中的暗衛就知道了。」

端木離頓住腳步，盯著她微笑的臉，沈默之後才繼續邁開步伐，來到寢床前。

他坐在床上，把她放在自己腿上，一手圈住她的腰，一手提起她的下巴。

「妳怪我在妳院中安插眼線？」

「怎麼會？你這也是保護我嘛，免得後宮那些女人為了爭寵，使壞來陷害我。」

端木離鬆了口氣。「妳明白就好，朕是為了妳的安危著想。」

「還有順便監視我，宮中記載那些皇帝宮妃的史書和軼事我都看過了，皇帝當久了，疑心病重，沒幾個正常的。」

「……」這世上敢對他說話這麼隨興的，大概也只有她了。

「如果妳不高興，朕就撤了他們。」

「別，你撤了眼線，心思會更不正常，讓他們繼續監視吧，我挺喜歡被你監視的。」

「……」

端木離盯著眉飛色舞的女人，一件在他人看來本是嚴謹的事，到了她這兒，似乎沒什麼大不了的。

端木離目光幽深，伸手解開她胸口的釦子，露出半邊香肩。

「嫻玉。」

「嗯？」

「別離開朕。」

他低頭，吮咬她光滑的肩膀，一手罩住她的渾圓。

李嫻玉輕輕低笑，回覆他的是她的熱情，以及大逆不道的回吮。

落下的紗帳，若隱若現地掩蓋帳暖裡的春宵……

「妳在生氣？」易飛打量安芷萱的神情，低聲問道。

「沒有。」

「妳有。」

「沒有。」

「說。」

「……」

安芷萱忍了又忍，不能忍也忍，最後實在忍不了，索性承認。

「你他媽的可不可以別一邊弄我，一邊講正事行不行？我睏死了，被你弄得不能睡，這時候根本無法專心，偏你專講些燒腦的事！」

她回易府住是為了讓他多睡一會兒，不要累壞了，他倒好，時間多了，天天都要來上一回。

這就算了，他動作不停，嘴上還能跟她講述朝堂上的正經事，只因為她說了一句，她要站在他的高度上看事情，請他有空就教教她，好讓她了解朝堂大事，不能什麼都不懂。

他應了，不但應了，還很認真地講給她聽，知無不言，言無不盡。

從朝堂軍權的重要性講到皇后餘黨，再講到各地軍營的貪污，講到他身為兵部尚書的用意，娶趙家女就是為了聯合趙國公，穩固皇上在各地的兵權。

身上馳騁的男人不但不停，還振振有辭地回答。「妳說妳睏了，我才邊說邊做，幫妳省事。」

去你媽的省事！她氣得狠狠咬他一口。

易飛氣血上湧，覺得很帶勁，又開始大力撻伐，直把她送上雲霄。

事後，她趴在他胸膛上喘氣，而他身上都是她的抓痕。

「妳陪我一起出京吧。」他說。

說了這麼多，只有這句是重點！

「好。」她回答得很乾脆，也不多問，因為她根本沒精力問了。

易飛彎起唇角，將她抱起，走進浴房。

兩人梳洗一番後便回到床上，易飛摟著她，開口道：「皇上給我一隊兵馬，讓我挑人，五日後便啟程。這次出京，算算路程，大約要在外頭待三個月，正好帶妳出去走走，知道妳嘴饞，得了機會便帶妳去吃好的，另外——」

懷中的妻子發出呼嚕嚕的聲響，顯然已經睡著了，根本無意聽他交代事情。

易飛望著她，唇角揚了揚，低頭親了親她的臉，讓她枕著自己的臂膀，閉上眼，陪她安睡。

第三十章

「這是我做的浴粉，叫仙子浴，可用來泡澡。妳給我的藥方，我日夜研究，嘗試搭配其他養顏的藥材，再汲取花瓣煉製，放在池水裡，有讓人回春的效果呢。」

安芷萱如同獻寶一般，手捧著一個作工精緻的琉璃盒，上頭有彩光閃爍。

打開盒子，裡頭散發著清香。

「妳見過大世面，不稀罕金銀珠寶，我不知道要買什麼，便參考妳的藥方加以改良，研製出這仙子浴，就當借花獻佛，算是我一點心意。」

李嫻玉聽了驚訝。「妳參考了我的藥方，再研製出這仙子浴？」

她興奮地點點頭。「是啊，請李美人笑納。」

這模樣逗笑了李嫻玉，她雙手接過琉璃盒，聞了聞。

「哎呀，果然是安丫頭了解我，別的我不稀罕，但是這改良的新藥方，確實深得我心啊。」

李大夫笑的是，這易筋洗髓丹的藥方，江湖上人人搶著要，沒想到被這丫頭做成了泡澡的藥浴粉，怎不令她驚喜？

她為盛名所累，怕給自己招禍，為了避開江湖人的追緝，她遵從師父告誡，從不以真面目示人。

世人以為木子賢是男人，其實是個女人，只不過一開始就女扮男裝，易容騙過所有人。

師父說她乃江湖奇才，若無一身功夫，恐怕無法自保，因為煉丹師容易被他人所擄，終身淪落為奴。

因此師父傳授她提煉藥汁的易容術，此法自然，不易露出破綻，可說是萬無一失。

師父死後，她離開師門下山，躲避北山雙淫的追捕。

北山雙淫修煉魔功，欲利用她為其煉丹，因此她隱姓埋名，扮作婦人，執業郎中，藏於民間。

李嫻玉才是她的本名，木子賢則是她扮作男人的名。

為了躲避北山雙淫，有什麼地方比皇宮更安全？

江湖上絕對沒想到，她木子賢就住在皇宮裡，集天下權力於一身的皇帝將她護在羽翼之下，過著無憂無慮的日子。

她感謝安丫頭抓住了北山雙淫，助她除了這禍害，遂把易筋洗髓丹的藥方傳給她。這丫頭也有趣，竟把它稍加改良，做成了藥浴粉，取名仙子浴，當禮物送給她。

她之所以把藥方送給安丫頭，也是因為安丫頭大有潛力，是個煉丹良才。

懷璧其罪，所以她還不打算告訴安丫頭真相，先讓她歷練歷練吧，何況有易飛護她，相信安丫頭能在江湖過得風生水起，安然無恙。

李嫻玉把禮物收下，與她一起品嚐御廚做的鳳仙糕。

兩個女人吃吃喝喝，說些後宮的八卦，看看時辰，到了皇上下朝的時刻，院外太監宣告皇上駕到時，安芷萱熟練地擦擦手，跳下炕，穿上繡鞋，忙向她告辭，然後一溜煙地躲到屏風後，人便消失了。

李嫻玉搖搖頭，正要下炕迎接皇上時，端木離已經進屋。

「不必下來了，免禮。」

李嫻玉也不跟他客氣，她本來就是做做樣子，因此又慵懶地靠回背枕上。

端木離坐到適才安芷萱的位子上，瞧了桌上的琉璃盒一眼。

「人來過了？」

她嗯哼一聲。「是啊。」

「走了？」

她嬌笑。「是啊。」

端木離嘆了口氣。「就這麼不待見朕？」

「她是尷尬，一開始沒來拜見，久了就不好意思來了，臉皮薄得很呢。」

端木離也不介意，他就是說說罷了。「送什麼禮給妳？」

「這丫頭有才華，做了新的藥浴粉呢。」

「哦？朕瞧瞧。」

他將盒子打開，聞到一股清香。「似乎不錯。」

「豈止不錯，是好極了，我親自傳授的徒弟呢，正好，給今日送來的新美人泡個澡，皇上今日翻她的牌子，正好可以嚐嚐新口味。」

真是那壺不開提那壺，端木離覺得牙有點癢，忍不住咬咬牙。

「朕怎麼覺得這個江山是妳的，而朕只是妳的美人，用來籠絡大臣，好穩固妳的江山呢？」

李嫻玉幽幽地瞋了他一眼。「我為你鞍前馬後，分憂解勞，還成了後宮女人的箭靶子，你卻說江山是我的？良心何在？」

端木離立即告饒討好。「朕說笑，妳別當真，朕心中只有妳，就是吃味了嘛。」她終於懂得吃醋了，端木離心中暗暗歡喜，可真不容易哪，總算摀熱了這女人的心。

李嫻玉哼了一聲。「不敢，昏君的寵姬當久了，容易被暗算，正好有個美人來幫我擋擋箭也挺好的。」

端木離無奈。「妳啊……知道了，朕今晚會召那美人侍寢，借妳的睡香，讓她昏睡，把眾人注意力移開，行了吧。」

她彎起笑。「多謝皇上了。」

尚書大人易飛，親自挑了三十名兵馬，接受聖旨，奉命出巡。

到了出行的日子，夫妻倆在宮外，雙雙向皇上辭行後，便上路了。

出了城門，安芷萱很開心。

京城雖然繁華，但她還是喜歡江湖，天大地大，這世界她還看不夠呢。

「皇上這麼做是在藉此彌補，向妳道歉呢。」

安芷萱怔住，接著笑了。

難怪李大夫說，他是明君之才。

「其實我不怪他了，若不是他，我們現在也不會永遠在一起，他是個好皇帝。」

「不錯。」若不是他瞞著她，帶她拜了天地，以此綁住她，說不定她真的一去不返，或是嫁給他人了。

說到嫁，他想到柳如風，心中暗自慶幸。

他收緊雙臂，將她摟在懷裡。

「萱兒，等所有事情了結，我就向皇上請求，解除與趙家的聯姻。」

「趙家人知道了不會怪你？」

易飛失笑，想當初她氣他偷娶別人，現在卻反過來擔心他和離了。

「無妨，皇上捅出的事，皇上會收拾殘局的。」

怎麼有一種尚書大人甩鍋給皇上的感覺？

安芷萱輕笑，不再說此事。他說得對，這事就交給皇上去收拾殘局吧。

「想一想中午要吃什麼？難得出遠門一趟，到下一個城鎮可能快天黑了，今日咱們就在外頭紮營，為夫為妳去打隻山雞如何？」

「不必，我有吃的。」

說著，她將矮几擺好，接著手一晃，矮几上便出現了一桌菜餚。

「吃吧。」她笑咪咪的。

易飛怔住，這桌菜餚有魚有肉還有湯，還熱騰騰的呢。

易飛也笑了，她對他有些事也不太隱瞞了。

他拿起筷子，挾了一塊肉放進嘴裡，見她目光炯炯地看著他，一副求表揚的神情。

易飛點點頭。「好吃。」

「這是萬春樓的招牌脆雞、八珍味湯、三鮮炒綠筍。」

萬春樓是京城有名的酒樓，高朋滿座，座無虛席。

易飛明白了，她那神奇的「屋子」還可以儲存熱菜、熱飯，這表示接下來一路上，他們不愁吃喝了，就算飯館位子滿了，還可以買來帶著走。

安芷萱瞧瞧他，見他除了一開始的詫異，便很淡定地吃著熱呼呼的飯菜，似乎一點都沒打算問她是怎麼做到的。

她好奇地問：「你不覺得奇怪，不問我是怎麼做到的？」

易飛頓住，見她有些興奮，又有些小心翼翼地看著他。

他放下筷子，對她正色道：「我不會問，因為我知道這是妳的秘密，妳若不想說，我絕對不會勉強妳，因為我已經做了決定，這輩子我都要妳開開心心的，況且我很高興妳有這個能力，雖然我不知道它是什麼神通，但我知道，它能保護妳就夠了，這樣我不在妳身邊時也能放心。」

安芷萱愣怔，原來是她多心了，她一直猶豫著要不要讓他看見自己除了能消失，還能憑空取物、收藏東西。

因為不知道如何解釋，也怕帶來麻煩，所以她總是儘量不讓人瞧見，最多就是讓對方以為自己練了一門可以縮地為寸的功夫。

當初得了這仙屋，她就打算一輩子藏著這個秘密，低調過日子，認識易飛他們後，她才明白身在江湖，也會有情非得已的時候，想完全掩藏是沒辦法的。

他是她深愛的男人，也將是她要共度一輩子的丈夫，兩人同床共枕，日夜相處，有些事是難以瞞住的。

況且，她也期待與他分享這樣的美食佳餚，或是美味的仙果。

但這一切都必須透露出她身懷仙寶，而非她的絕技。

這男人為了她，連性命都可以不要，那麼她是否也可以將自己賴以維生的秘密，慢慢透露給他知道？

可沒想到她在猶豫掙扎時，他卻已經幫她做了決定——他不需要知道，她也不必解釋，他只需知曉這東西能保護她便足矣。

安芷萱眼眶紅了，撲向他懷裡。

她明白了，名分、地位、權力都不重要，他要娶幾個老婆，也不重要。重要的是，他就是他，他的心在她身上，那麼他人就在。

易飛摟緊懷中的妻子，親吻她的髮，任由她在自己的胸膛上哭鼻子，弄髒了他的衣襟也沒關係。

大不了他多買幾套衣衫長褲，擺在她的「屋子」裡，需要時再拿出來換穿就行了。

她抬起臉，又哭又笑地對他撒嬌。「我要每天飛高高。」

他點頭。「沒問題，我天天揹著妳飛高高、掏鳥窩、摘果子、抓老鷹，妳想去哪兒，就揹妳去哪兒。」

她破涕為笑，雙手溫柔地捧住他的臉。「好，你去哪兒，我就去哪兒，咱們一起上山下海，走南闖北，將來等咱們都老了就離開朝堂，雲遊四海，過著神仙般的生活。」

易飛笑道：「既然如此，為夫得多賺點銀兩，才好與妳一起過逍遙的日子。」

她笑得燦爛，輕聲道好，心裡卻在想，到那個時候，他們吃喝不缺，有得住、有得睡，根本毋須太多銀錢，因為有仙屋呀。

她決定將這個秘密保留到他卸下重任的那一天，當他能夠放下一切跟她走時，她就帶他進仙屋。

一年半後。

尚書大人以無出為由，寫了和離書，放趙瑤歸家。

三個月後，皇上又賜婚，將趙瑤改嫁給一名四品官員，趙瑤謝恩，出嫁的前一夜，秘密前來見尚書大人，向他叩拜謝恩。

多虧尚書大人從中斡旋，讓她藉由賜婚再度成功離開趙家，帶著尚書大人答應的豐厚嫁妝，偕同自己心愛的丫鬟，共同嫁進新夫婿家，成為繼室。

新丈夫是個老實人，為人忠厚，家中有一子一女，雖然年紀已大，但她十分滿意。

趙瑤不需要年輕英俊的丈夫，也不需要丈夫的疼愛，只要這個丈夫能讓她過安穩的日子就好。

上無公婆，下無姑嫂，她自己就是當家主母。

待丈夫百年後，她就能與自己的丫鬟共度白首，又有繼子和繼女侍孝，不用生養，對她來說，這一切就是最好的安排了。

半年後，易飛向皇上請求賜婚，允他娶安芷萱為妻。

皇上讚揚安氏賢慧，與尚書大人相識於窮困之時，與之同甘共苦，不離不棄，今特封為縣主，兩人擇日成婚。

尚書大人廣發喜帖，宴請天下豪傑，擇日迎娶新婦入府。

成親當日，除了當朝官員，連江湖各大門派都派人登門送上賀禮。

其中，竟不乏在江湖上舉足輕重的俊傑人物，凌雲山莊莊主柳如風及伏鷹宮少主沈越，皆親自攜禮上門祝賀。

柳如風親口證實他是來參加義妹的拜堂禮。

他說義妹的爹娘早亡，他身為義兄，便以親人身分坐在父輩座位上，等著新人來拜，喝一杯新妹婿的敬茶酒。

原本這是一件美談，能讓柳莊主收為義妹並視之如親的女子，可以說凌雲山莊就是她的娘家。

陌琴領著一票弟子亦來了，還特地扛著醉仙樓的神仙酒，除了送給新娘子的酒罈，其餘的便與賓客暢飲一番。

新娘是皇上親封的縣主，又有凌雲山莊做靠山，還有各大門派送上賀禮，可謂全福之人。

哪知新郎新娘拜過堂，將新娘送入洞房後，新郎抱著神仙酒罈，直接找上了「義兄」，說要與他不醉不歸。

眾人皆以為他們交情極好，兩人站在一塊兒，皆是氣宇不凡，俊朗如天上人，唯有一旁的沈越心驚膽跳，知道事情要糟。

這兩人不嫌事大，就偏要選在成親日來鬥上一場，急得沈越拉來其他門派弟子，要他們事先擺陣，萬一兩人打起來，記得護住在場的朝廷官員，千萬別鬧出人命啊。

柳如風硬是要來喝這杯敬茶酒，等於是在尚書大人太歲頭上動土，閒得慌。

兩人拚起酒來，一杯不過癮，直接丟開酒盞，拿起酒罈就是牛飲一番。

最後，兩人還以切磋之名，真的動起手來。

婚宴上打得是驚天動地，那叫一個精彩。

最後，還是因為柳如風不勝酒力，輸給了新郎，沈越情急之下，抱著柳如風就跑，一邊跑還一邊大喊——

「擺龍門陣！看住新郎，別讓他發酒瘋啊！」

最後是新娘匆匆提著紅裙奔出來，一手抓住新郎，凶巴巴地將他拽進屋裡，才終於結束這場風波。

說也奇怪，那麼多門派弟子抱住新郎，都差點抓不住他，新娘明明嬌小玲瓏，不過伸手拽著他，新郎就乖乖跟著她一起進屋，而且兩人一下子就不見了。

眾人不知，其實新娘把已經喝醉的新郎抓進仙屋裡，丟進溫泉，讓他清醒清醒。

流水席共請了三天三夜才結束，李嫻玉當天也在，將新郎和義兄大鬧婚宴之事，生動地說予皇上聽，聽得龍顏大悅。

據當時伺候的太監說，皇上是拍著大腿笑倒的。

成為新尚書夫人的安芷萱，正與丫鬟一起檢視各方送來的賀禮。

她拆開一個包裝古樸的盒子，就見裡頭放了一根木簪。

這根簪子是人工雕刻的，雖是木雕，手藝卻極好。

安芷萱十分好奇，不知是誰送的？

她仔細一看，發現簪身上刻了一字——沐。

沐？

她心中驚疑，猛然憶起在她認識的人中，唯有一人的名字有這個字。

那男人神情凶悍，眼神帶邪，可是看著她時，卻又深情如牛犢，靦覥憨厚。

他說，他叫衛沐。

那個曾經為她擋刀，看似凶神惡煞，卻願意用性命護她的男人。

安芷萱怔怔地盯著木簪，沒想到他會送禮過來，他必然是混在看熱鬧的百姓中，藉機將此物遞給了收禮的管事吧。

「夫人？」

安芷萱回神，將木簪放回木盒裡，交代貼身丫鬟。「將此物收好。」

「是。」

衛沐還活著，這表示他服下了她的解毒丹，而易飛放過了他，給他一條生路。

「他既然救了妳，這條命，我便還給他。」當時，易飛是這麼告訴她的。

朝廷通緝犯是不能隨意放過的，但易飛卻以衛沐中毒身亡為由，將他的屍身送走。

他沒告訴她細節，她也不問，畢竟那人曾經要殺易飛，但易飛為了她，願意放過他，只為了一個理由。

「恩仇已結，從此妳不欠他。」

與仇恨相比，他最在乎的竟是不准她欠任何男人恩情。

思及此，安芷萱幸福地笑了。

她還記得，初識丈夫時，他冷漠無情，少言寡語，心中埋著仇恨的種子，走過浴血荊棘之路，只為了手刃仇人。

如今，他笑容常掛嘴角，看她的眼神中含著繾綣溫柔，話變多了，會吃醋、會耍賴，也會哄她，多了幾許人性。

有這樣的丈夫，還有神奇的仙屋，安芷萱很知足。

雖然她不知道仙屋會跟隨自己多久，但她明白一件事，這是老天的恩賜，她感恩在心就好。

慾望無底，知足才能常樂。

她要得不多，只求這一世相夫教子，家人平安。

執子之手，與子偕老，如此，便好。

——全書完

2021年8月出版

劍邪求愛

文創風985

【洞房不寧之二】

在這世上，殷澤只拿兩個人沒轍，
一個是劍仙段慕白，另一個就是肖妃，
她會對其他人笑，唯獨在他面前不苟言笑，
萬人崇拜他，只有她，看到他都像恨不得把他大卸八塊，
他不知道自己到底哪裡惹了她，但她不說沒關係，
反正他的法子很多，有的是機會讓她說……

殷肖CP，強勢來襲！／莫顏

肖妃出自皇家兵器庫，由頂級匠師所打造，專門給貴女使用，
因此當她修成人形時，自是兵器譜前十名中唯一的美人，
但她不在乎美人的稱號，她想要的是「最強」，
可無論她如何努力，第一名永遠是那個姓殷的！
她想要的天下至寶，被殷澤搶先一步奪去；
她需要累月經年才能練就的武功絕學，殷澤三天就會了；
她認真經營的人脈，殷澤只需勾勾手指就把人勾走了；
她的手下們，對殷澤比對她這個女主人還要敬畏服從，
她拚盡全力施展武功，他只用一招就制伏她，還將她踩在腳下！
男人崇拜他，女人愛慕他，有他在的地方，她只能靠邊站。
他真是太太太討厭了！
她不屑跟他說話，對他視若無睹，直到有一天……
「我要妳。」
當冷冽狂傲又俊逸非凡的他，直截了當地向她求愛時，
她沒有心花怒放，也沒有臉紅害羞，只有心下陰惻惻的冷笑——
原來你也有求我的一天，看本宮怎麼整死你……

2020年11月出版

莽夫求歡

文創風 899

【洞房不寧之二】

一個是天不怕地不怕的紈袴富二代，
一個是武力值滿點的江湖奇女子，
不打不相識，越打越有味，
像極了愛情……

新系列【洞房不寧】開張！
我愛你，你愛我，然後我們結婚了——
不不不，月老牽的紅線，哪有這麼簡單？
這款冤家是天定良緣命，好事注定要多磨……

天后執筆，高潮迭起／莫顏

宋心寧決定退出江湖，回家嫁人了！
雖說二十歲退出江湖太年輕，但論嫁人卻已是大齡剩女。
父親貪戀鄭家權勢，賣女求榮，將她嫁入狼窟，她不在乎；
公婆難搞、妯娌互鬥，親戚不好惹，她也不介意；
夫君花名在外、吃喝嫖賭，她更是無所謂，
她嫁人不是為了相夫教子，而是為了包吃包住，有人伺候。
提起鄭府，其他良家婦女簡直避之唯恐不及，可對她來說，
鄭府根本就是衣食無缺、遠離江湖是非、享受悠閒日子的神仙洞府！
可惜美中不足的是，那個嫌她老、嫌她不夠貌美、嫌她家世差的夫君，
突然要求她履行夫妻義務，拳打腳踢趕不走，用計使毒也不怕，
不但愈戰愈勇，還樂此不疲，簡直是惡鬼纏身！
「別以為我不敢殺你。」她陰惻惻地持刀威脅。
夫君滿臉是血，對她露出深情的笑，誠心建議——
「殺我太麻煩，會給宋家招禍，不如妳讓我上一次，我就不煩妳。」
宋心寧臉皮抽動，額冒青筋，她真的好想弄死這個神經病……

文創風 1116

姑娘深藏不露 下

國家圖書館出版品預行編目資料

姑娘深藏不露 / 莫顏著. --
初版. -- 臺北市 : 狗屋出版社有限公司, 2022.11
冊 ; 公分. --（文創風 ; 1115-1116）
ISBN 978-986-509-375-4（下冊 : 平裝）. --

863.57　　111016559

著作者　莫顏
編輯　王冠之
校對　陳依伶
發行所　狗屋出版社有限公司
地址　台北市104中山區龍江路71巷15號1樓
電話　02-2776-5889～0
發行字號　局版台業字845號
法律顧問　蕭雄淋律師
總經銷　知遠文化事業有限公司
電話　02-2664-8800
初版　2022年11月
國際書碼　ISBN-13　978-986-509-375-4

定價280元
狗屋劃撥帳號：19001626
網址：love.doghouse.com.tw　E-mail：love@doghouse.com.tw